「我們三姊妹竟然有機會在同一個
屋簷下留宿，真是教人開心呢。」
這是妳與我的最後戰場，或是開創世界的聖戰 6
the War ends the world / raises the world
伊莉蒂雅・露・
涅比利斯九世
Elletear Lou Nebulis IX
涅比利斯皇廳女王米拉蓓爾的長女，
也是愛麗絲莉潔和希絲蓓爾的姊姊。
她有著一頭帶金色的美麗翡翠色長
髮，同時也擁有比愛麗絲莉潔更為姣
好的動人身材。

『我有和伊思卡依偎共寢的權利！』
希絲蓓爾・露・涅比利斯九世
Sisbell Lou Nebulis IX
涅比利斯皇廳的第三公主。在趕赴涅比利斯王宮的途中，被姊姊伊莉蒂雅帶往露家的別墅……
the War ends the world / raises the world

愛麗絲莉潔・露・
涅比利斯九世
Aliceliese Lou Nebulis IX
涅比利斯皇廳的第二公主。由於擔心被盯上性命的妹妹希絲蓓爾，決定前往伊思卡一行人滯留的露家別墅會合……
「本小姐就特別允許你
在我旁邊陪睡……不對，
是特別允許你睡在旁邊！」

the War ends the world / raises the world

CONTENTS

這是妳與我的最後戰場，或是開創世界的聖戰 6

the War ends the world / raises the world

fears deus E soliz duskis kamyu?
你的臉孔還要被過去妝點到什麼時候？

Phi riris tis- sek.
約定之人一直在尋找你的身影。

bekwist Ez rein dusk, phi pheno nec arc.
忘懷不了過去的你，就連心愛的人都無法察覺到你的存在。

Kadokawa Fantastic Novels

機械運作的理想鄉

「天帝國」

伊思卡

Iska

隸屬於帝國軍人類防衛機構第三師第九〇七部隊。過去曾以最年少之姿晉升至帝國最強戰力「使徒聖」，卻因為協助魔女越獄而被剝奪資格。他擁有能阻絕星靈術的黑鋼星劍，以及能將最後斬過的星靈術重現一次的白鋼星劍。是為了和平而戰的直率少年劍士。

米司蜜絲・克拉斯

ismis Klass

第九〇七部隊的隊長。雖然長著一張娃娃臉，怎麼看都是個小女生，但其實是個不折不扣的成年女子。儘管個性憨傻，但責任感強烈，深受部下們的信任。由於摔落至星脈噴泉，因而化為魔女。

陣・修勒岡

hin Syulargun

第九〇七部隊的狙擊手，有著出神入化的狙擊技術。由於和伊思卡拜同一位人物為師，因此結交已久。雖說個性冷酷，而且嘴上不饒人，但也有為同伴著想的熾熱之心。

音音・艾卡斯托涅

ene Alkastone

第九〇七部隊的機工負責人。是一名開發兵器的天才，能將從超高空拋射穿甲彈的衛星兵器操控自如。她將伊思卡視為兄長般仰慕，是一名純真可愛的少女。

璃灑・英・恩派亞

isya In Empire

使徒聖第五席，俗稱「全能天才」。是戴著黑框眼鏡、身穿套裝的美麗女子。與米司蜜絲同期入隊，對她相當中意。

無名

Nameless

使徒聖第八席。從頭到腳都被光學迷彩緊身衣徹底包覆，以電子發聲器說話的男子。刺客部隊出身，以卓絕的體能自豪。

魔女們的樂園

「涅比利斯皇廳」

愛麗絲莉潔・露・涅比利斯九世

Aliceliese Lou Nebulis IX

涅比利斯皇廳的第二公主，亦是下一任女王的有力人選。她是能操控寒冰的最強星靈使，以「冰禍魔女」之名令帝國聞風喪膽。厭惡皇廳內部爾虞我詐的她，在戰場上遇見了敵國劍士伊思卡，與之光明磊落的一戰，打動了她的芳心。

燐・碧士波茲

Rin Vispose

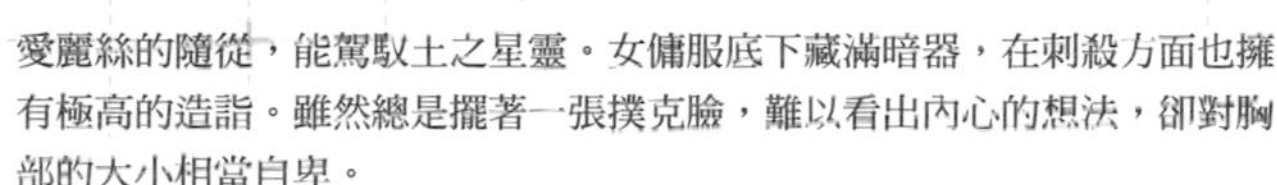

愛麗絲的隨從，能駕馭土之星靈。女傭服底下藏滿暗器，在刺殺方面也擁有極高的造詣。雖然總是擺著一張撲克臉，難以看出內心的想法，卻對胸部的大小相當自卑。

希絲蓓爾・露・涅比利斯九世

Sisbell Lou Nebulis IX

涅比利斯皇廳的第三公主，也是愛麗絲莉潔的妹妹。她寄宿著能以影音形式重播過去現象的「燈」之星靈。過去曾被帝國關入大牢，並受到伊思卡救助。

假面卿昂

On

與露家相爭下任女王寶座的佐亞家一分子。居心叵測的謀略家。

琪辛・佐亞・涅比利斯九世

Kissing Zoa Nebulis

被稱為佐亞家祕密武器的大星靈使。寄宿著「棘」星靈。

薩林哲

Salinger

曾暗殺女王未果，因而鋃鐺入獄的最強魔人。目前是逃獄之身。

伊莉蒂雅・露・涅比利斯九世

Elletear Lou Nebulis IX

涅比利斯皇廳的第一公主將精力耗費在遊歷外地上鮮少滯留在王宮之中。

Prologue 「匯報」

魔女的樂園「涅比利斯皇廳」——

在王宮之中——

和煦的朝陽正照亮著廣大的大廳。

這裡是由綠意盎然的觀葉植物和葡萄酒色的地毯所點綴的空間，其雍容華貴的景致，足以否定「魔女」這種毛骨悚然的蔑稱。

……「理應是這麼回事才對」。

第二公主愛麗絲莉潔所知的「女王謁見廳」，乃是受到星靈之力祝福的神聖場所，亦是這個國家的象徵之一。

然而……

「……居然真的發生了這樣的大事。」

鋪在地板上的地毯被燒得面目全非。

側面牆上的彩繪玻璃碎了滿地，掛在窗戶上的半透明窗簾，如今也被燒成了焦黑的薄布。

女王暗殺計畫。

這是試圖狙殺涅比利斯女王，屬於軍事政變的痕跡。

「這裡既是涅比利斯皇廳歷任女王所居住的房間，同時也是深受國民喜愛的大廳。為何會發生這樣的事情……」

愛麗絲咬緊嘴唇，拚命壓抑著從心底湧上的憤怒。

愛麗絲莉潔・露・涅比利斯九世——她是堂堂涅比利斯皇廳的第二公主，在國內可說是無人不曉的存在。

柔亮動人的金髮閃爍著淡淡光芒，紅寶石色的眼眸顯得氣宇軒昂。

她的五官凜然和清純並蓄，雖然年僅十七歲，早熟的胴體卻已經勾勒出女性應有的曲線，而美麗的容貌更是與公主的頭銜十分相稱。

「…………」

愛麗絲不發一語地環視慘劇過後的現場。

這是一起企圖顛覆國家的軍事政變。而被盯上性命的女王，正是愛麗絲的母親。

……雖然作好了心理準備，想不到會被破壞得如此慘烈。

……若不是母親大人及時壓制了爆炸，後果恐怕不堪設想。

女王的性命無虞。

而就愛麗絲所知，事發當時待在現場的部下們，也僅是受到了一點輕傷。
這是因為女王發動了星靈術，將爆炸的威力壓制到最低限度的關係。
「意圖狙殺母親大人的人，肯定是王室成員呢。想不到嫌犯竟會在自己人之中……」
「辛苦妳了，愛麗絲。」
女王謁見廳的大門緩緩開啟。
在兩名護衛的陪同下，母親——涅比利斯八世走入大廳之中。
「母親大人，您沒事真是太好了，女兒真的很擔心您。」
「……妳居然這麼擔心我？」
被女兒這麼一說，女王登時露出了五味雜陳的神情。
「別看我現在這樣，年輕的時候也是個身手不凡的星靈使喔。帝國軍一看到我現身就落荒而逃的事蹟可是多不勝數——罷了，舊事就別再重提了。實際上，當時的狀況也確實堪稱千鈞一髮。」
女王輕嘆了一口氣。
也許是睡眠不足吧，只見她的眼睛一帶因疲勞而冒出了黑眼圈。
「軍事政變發生在三天前。雖然湊巧發生在女王謁見廳，但我的個人房也可能成為攻擊的目標。就連在洗澡的時候，也得處處提防是否有敵人襲擊的可能性，所以有些睡眠不足。」

「那個，母親大人，現在有女兒在，所以已經不要緊了！」

「也是呢。我確實也為妳返回王宮一事感到安心。」

女王微微一笑，如此回應愛麗絲。

然而，她隨即板起臉孔，將視線投向失去了玻璃窗的天花板。

「而妳也表現得相當傑出。在這種情況下，能活捉襲擊希絲蓓爾的歹徒便是最為有效的反擊。那個人極有可能和實行軍事政變的人是同一夥的。」

「是的……可是，母親大人，襲擊希絲蓓爾的凶手是……」

「我聽說是休朵拉家的碧索沃茲。」

「……是的。」

「希絲蓓爾，我就讓妳看點好東西吧。」

「妳在王宮看到的『怪物』，是不是和這個很相像呢？」

「這個女人不是人類」——

在愛麗絲抵達現場後，帝國劍士伊思卡是這麼說的。

愛麗絲抵達的時候，碧索沃茲已經精疲力竭，變回人類的模樣；但據說在襲擊希絲蓓爾的時候，她的樣貌確實與怪物無異。

……本小姐沒有親眼目睹，所以實在難以相信呢。

……但燐也說看到了同樣的光景。

希絲蓓爾、伊思卡和燐都看到了所謂的「魔女碧索沃茲」。

在將她押解至王宮所在的中央州途中，愛麗絲也多有提防，擔心她會變身成駭人的怪物。

「母親大人，那休朵拉家的反應為何？」

「他們當然不打算認罪，反覆主張著『這與我們家族無關，完全是碧索沃茲恣意妄為』這樣的說詞。在查清罪行之前，我沒辦法將休朵拉家打入大牢，現在光是向他們發布禁足令，就已經讓我絞盡腦汁了。」

愛麗絲也向女王回報了碧索沃茲化為怪物的消息。

儘管如此，由於她沒有在現場目睹整段過程而只能作出含糊不清的說明，因此這點也讓她相當懊惱。

……可以確定的是，休朵拉家肯定和軍事政變有所關聯。

……然而，休朵拉家卻宣稱這是碧索沃茲一人所為，和她劃清了界限。

就像斷尾求生的蜥蜴一樣。

休朵拉家打算將行凶的責任全數推到碧索沃茲一人頭上，藉此保全家族的顏面一事，其實並不難想像。

「母親大人，那佐亞家呢？」

「佐亞家也尚未擺脫嫌疑。就現階段來說，軍事政變的嫌犯共有三種可能性。」

女王依舊仰望著天花板說道：

「起初佐亞家是最有嫌疑的。而就襲擊希絲蓓爾的凶手為碧索沃茲這點來看，休朵拉家也同人嫌疑犯之林。這就是其中的兩種可能。至於第三種，愛麗絲，妳應該也已經猜到了吧？」

「……您是指有人同時勾結佐亞家和休朵拉家的狀況嗎？」

「沒錯。但這樣的可能性確實不高呢。就我目前看來，軍事政變的主嫌應該是佐亞家或是休朵拉家其中之一。一想到我們是血脈相連的人家族，我就為此感到難受，但這同時也是讓露家欣欣向榮的大好機會。」

女王想必是在暗示女王聖別大典的局勢吧。

決定下一任女王的選舉之戰。

只要能揪出軍事政變的真凶，就能提升大眾對露家的信任，而佐亞家和休朵拉家的聲望則會跌入谷底。

「可是，母親大人，我們尚未獲得決定性的證據……」

「只要希絲蓓爾回來，這個問題就能迎刃而解了。透過那孩子的力量重現事發當時的狀況，就能明白一切。」

女王口中所說的，是不在現場的三女希絲蓓爾的名字。

她擁有將過去的事跡以影片般的形式進行播映的「燈」之星靈。那是一種被歸類為能干涉時空的稀有星靈術。

「愛麗絲，那孩子還待在第八州（黎世巴登）對吧？」

「是的。在受到碧索沃茲的襲擊後，她為防相同的事件再次發生，決定暫且藏身。我派了燐跟在她身邊，因此也能鎖定她的行蹤。」

若是以護衛的立場來說，那麼還有另一批人跟在她的身旁——

妹妹（希絲蓓爾）雖然破天荒地僱用了帝國部隊作為護衛，但愛麗絲不敢將這樣的事實回報給女王。她不希望傳出「露家和帝國有密切往來」一類的傳言。

……既然有伊思卡跟在身邊，那麼尋常襲擊對他來說根本不費吹灰之力。

……本小姐唯一掛心的，就只有那孩子（希絲蓓爾）會不會對伊思卡做些奇怪的事。

第三公主希絲蓓爾正在等待時機。

待隨從修鈸茲返抵中央州後，他便會謁見女王並提議相關事宜，之後便會在女王的主導下，開出一條能讓希絲蓓爾順利返回王宮的安全路線。

如此一來，便是露家的勝利。

只要用上希絲蓓爾的力量，要揪出軍事政變的幕後組織肯定是易如反掌。

「那麼，母親大人，敢問您是否已經接見完修鈸茲了呢？」

「愛麗絲，那孩子的隨從預計還要多久才會抵達王宮呢？」

兩人的話語聲重疊在一起。

然後——

「…………『咦』？」

愛麗絲驚訝得張大了嘴。

「這是怎麼回事」？

希絲蓓爾的隨從修鈸茲已在三天前抵達中央州——這是希絲蓓爾本人親口說出的消息，所以絕對不會有錯。

「母親大人，呃……這是怎麼回事？」

「愛麗絲，我才想問妳……妳剛才怎麼會問那個問題？」

女王也是一副吃驚的神情。

就連在身後待命的兩名護衛也睜大眼睛，藏不住內心的驚愕。

「母親大人，女兒以為您已和隨從（修鈸茲）見過面了……」

「並無此事。我也作好了準備，以便他抵達王宮時能立即召見他。我原以為他應該會和妳一同回來……」

女王的眼神逐漸變得嚴肅起來。

「愛麗絲，妳和希絲蓓爾見過面了吧？那孩子是怎麼說的？」

「她說隨從已經抵達中央州，正在等候回傳消息。」

「抵達中央州了？那是幾天前的事？」

「……是三天前。」

沒錯。

巧合的是，那恰好與企圖暗殺女王的軍事政變落在同一日。

修鈸茲是在中午過後抵達中央州的，而軍事政變則發生在當日夜裡。

「……有些蹊蹺呢。你們可有頭緒？」

女王的視線投向兩名護衛。

然而，護衛們也只是戰戰兢兢地搖了搖頭。

「容屬下稟報，我等也並未見過他的身影。」

「屬下稍後也會詢問王宮的部下們，不過依屬下所見，恐怕是找不到那位隨從踏入城內的蹤跡才是。」

這代表的意義是——

希絲蓓爾的特使雖然抵達了中央州，卻進不了王宮大門。

「女王大人，依屬下之見，或許是有人從中作梗……」

「沒錯。那是一幫連女王(我)都敢下手的匪徒，就算擄走了希絲蓓爾的隨從，想必也不會感到歉疚吧。最有可能的情境，就是他在即將抵達王宮之際被人綁架了吧。」

周遭登時沉靜下來。

冰冷的緊張感漸增，而愛麗絲、女王和兩名護衛所想到的，肯定都是同一件事。

……有本事擄走修鈸茲的究竟會是誰？

……他可是從隱密部隊退役下來的星靈使，光是要找出他的行蹤就絕非易事。

難道是佐亞家或是休朵拉家幹的好事？

不對。這兩家就算企圖出手，想對執行匿蹤行動的修鈸茲進行妨礙，應該也是相當困難之事。若真要列舉嫌犯，就只可能是對他知之甚詳的露家成員。

比方說——

「女王陛下。」

那是宛如在吟唱一般的高雅嗓音。

此時另一名公主踏著輕快的腳步聲，走進女王謁見廳中。

「伊莉蒂雅？」

「女兒找您好久了呢。我有要事想與您商量，但沒想到您不在自己的房裡。」

伊莉蒂雅．露．涅比利斯九世。

美若天仙的公主受到在場全員的矚目，緩緩地走了過來。

大波浪捲的翡翠色長髮，帶有美麗的金色光芒。

她的身高比愛麗絲更為高挑，豐滿的雙丘也更勝愛麗絲，一股讓人難以違逆的魅力，從身上的王袍（禮服）胸口一帶向外滲出。

魔女——

雖然是用於寄宿星靈者的蔑稱，但伊莉蒂雅那妖嬈的美貌，搭配二十歲的成熟年紀，確實也散發出不負「魔女」之名的強烈魔性。

「呵呵，我說，女王陛下呀。」

有著這般美貌的伊莉蒂雅——

「敢問希絲蓓爾的使者是否已經抵達了呢？」

「——————」

所有人都倒抽了一口氣。

宛如遭人下了咒一般的心境。

長女伊莉蒂雅——被懷疑與佐亞家有所勾結的公主，居然會主動提起這件事。

「以那孩子的作風來說，也是時候該派使者前來王宮了。雖然不曉得會是隨從還是僱來的士兵，但那人應該差不多要抵達王宮了才是？」

「……那人尚未抵達。」

女王壓低了音量說道：

「伊莉蒂雅。」

「女兒在。」

「我反倒想問妳，妳對此事可有頭緒？像是曾收到那孩子的使者抵達王宮一類的消息？」

「沒有，女兒不曾聽聞。」

長女依然掛著微笑，以快活的語氣回應道：

「女王陛下，女兒認為以逸待勞乃是上策喔。」

「以逸待勞？伊莉蒂雅，在時局緊迫的情況下，從容以對可是很不恰當的態度喔。」

「是，女兒當然明白。我想說的是，您不須太過擔心。此外——」

第一公主伊莉蒂雅輕捧臉頰。

像是試圖隱藏因興奮而泛著粉紅色的臉頰似的——

「我也認為，是時候該派個人去迎接可愛的妹妹了。」

Chapter.1　「是在哪裡斷了訊？」

1

涅比利斯皇廳第八州黎世巴登——

此地乃是位於皇廳國境地帶的都市之一。

由於前身為獨立國家，此地與周遭各國往來甚密，其街景與中立都市的市容相當接近。徒步上學的少年少女在沒有垃圾落地的石板路上嬉鬧，而一旁的車道上則有往來行駛的通勤車輛。

然而——

從旅館客房向下俯視的街道上，看得見警備隊神情嚴肅的身影。

「伊思卡哥，警備隊也踏進這間旅館的大廳進行盤查了喔。就音音我的推測，他們應該是在巡邏的同時，檢查有沒有可疑人物入住。」

「音音，妳有被他們盯上嗎？」

「沒有，我馬上就往樓上逃了喔。」

「……要是被目擊到的話，妳就變成最可疑的人物了。」

聽到回房的音音這麼回報，伊思卡隨即環視起客廳。

在餐桌旁的椅子上就座的少女是音音——她將自己亮紅色的長髮綁成馬尾造型。

坐在她身旁的銀髮狙擊手陣，則是在保養自己帶來的槍枝。

……米司蜜絲隊長去買午餐了啊。

……踏入皇廳雖然已經好幾天了，幸好第九〇七部隊還能過著正常的生活。

機械運作的理想鄉「帝國」。

魔女的樂園「涅比利斯皇廳」。

這兩個泱泱大國已經持續交戰了約有百年之久。

在這樣的局勢下，要是帝國軍潛入皇廳一事曝光，肯定會釀成一大騷動。他們想必很快就會被警備隊團團包圍。

「別緊張啦，反正警備隊在查緝的又不是帝國部隊。」

將槍枝檢查完畢的陣，像是在自言自語似的這麼說道。

「他們根本無暇理會帝國的存在。發生在涅比利斯王宮的女王暗殺未遂案距今只過了四天，根本連警報都還來不及解除，結果前天又在第八州發生了爆炸案。更扯的是，凶嫌的目標居然還是女王的心腹。」

而所謂的心腹，指的正是坐在伊思卡旁邊的少女。

但與其說是坐在旁邊，用緊鄰來形容恐怕更為貼切。少女像是要黏在他的手臂上一樣，失落地將柔弱的肩膀靠了過去。

「希絲蓓爾。」

「…………」

有著粉金色長髮的少女沒有回話。

她就算想回答，恐怕也連開口的力氣都沒有吧。

希絲蓓爾・露・涅比利斯九世。

她雖對第九〇七部隊（同伴）宣稱自己是「女王的心腹」，但就只有伊思卡知道，她其實是涅比利斯的第三公主。一行人之所以藏身在高級旅館的客房中，也是為了執行護衛她的任務。

「我知道妳很難受，不過妳從昨天開始就什麼都沒吃，繼續這樣下去可不行。至少也吃一塊麵包吧。」

「……我沒有食慾。」

少女的嗓聲如枯葉般乾澀。

「請放心，我現在非常冷靜。只是一、兩餐沒吃，是不會有任何問題的。」

「我知道了。那我就不追究昨天的事了。不過，妳要和我約好，等米司蜜絲隊長買午餐回來後，妳就得從今天開始進食。」

「…………」

「是妳主動向帝國部隊交涉，希望我們當妳的保鏢，而我也打算恪盡職守，所以，我希望妳也能對我們展露誠意。」

希絲蓓爾一語不發地用力點了點頭。

但在點完頭之後，她再次靠到伊思卡的身上垂首不語。

……她會如此沮喪也無可厚非。畢竟不僅女王（母親）遇襲，就連自己也被盯上性命。

……「而且隨從還失去了音信」。

她的隨從是名為修鈸茲的老人。

除了女王之外，這位貼身侍從便是希絲蓓爾唯一願意敞開心房的對象。而自從修鈸茲於四天前捎來抵達中央州的消息後，他便音訊全無。

依照原本的計畫，他會與女王展開接觸，並回報一條安全可靠的路線才對。

「無論如何，也差不多是時候了。等隊長（老大）回來，最好還是變更一下作戰計畫吧。」

陣再次低喃道。

不過，他的下一句話不再是自言自語，而是明確地對著希絲蓓爾開口說：

「妳的隨從八成沒能成功謁見女王。我猜他在抵達中央州後，在踏入王宮的前一刻遭人妨礙了吧。」

「你的意思是，修鈸茲已經落入敵人的手裡嗎！」

希絲蓓爾站起身子。

她皺起可愛的臉蛋，瞪視著陣說道：

「無、無禮之徒！豈有此事！修鈸茲是一名優秀的密探，他肯定只是稍微耽誤了進宮的時程，一定會順利——」

「但敵人可是一群怪物。」

「……唔！」

「那女人是叫碧索沃茲來著？襲擊妳的那傢伙無疑是非人的怪物。我不是要說那位老爺子不夠優秀或是出了差錯，只是『對手太離譜了』。畢竟那可是一群敢光明正大暗殺女王，而且仍逍遙法外的傢伙啊。」

希絲蓓爾抿緊雙唇。

以那段話當作開場白後，銀髮狙擊手以冷淡的口吻繼續說道：

「我是不曉得女王謁見廳的構造為何，但在王宮的中心地帶引發軍事政變，而且還尚未落網，由此可見凶手對王宮相當熟悉。雖說是借用妳說過的話，不過那犯人極有可能是和王室有密切關係的人物。」

「……的確如此。」

「那麼妳的計畫會洩漏也在情理之中。當成那些傢伙早就摸透修鈸茲老爺子折返王宮的路線會比較好。」

「…………」

希絲蓓爾沒有反駁。

她仰望了天花板一陣子後，隨即像是力氣放盡似的深坐在沙發中。

「……我姑且就退讓個一百步吧。但你說要變更作戰，具體來說是什麼意思？」

「二選一。」

陣的回答相當迅速。

「我們能待在皇廳的期限大概還有二十天。在這段期間，妳打算繼續等老爺子聯繫？還是以現在的陣容直接動身？」

「再等兩天。也就是等到明天結束後。」

「嗯？」

陣回問了一聲。

希絲蓓爾的話語聲中毫無迷惘，甚至讓陣作出這般反應。

「若是再過兩天仍盼不到修鈸茲的聯繫，就由我們一行人直接前往中央州。伊思卡，這樣的決定可以吧？」

「……妳的決策下得還真快啊。」

「因為我早就作好決定了。」

希絲蓓爾勉強露出苦笑說：

「就算沒有敵方從中作梗，修鈸茲被捲進意外的機率也不是零啊。所以我起初就下決定，設定了七天的期限。」

「若一個星期後，小的與您失去聯繫的話——」

「請小姐別理會我，直接前往王宮吧。還請您多加留意。」

在隨從修鈸茲離開此地之後的第七天。

就算沒有陣的推波助瀾，這位公主應該也會在明天親口變更計畫吧。

「我們將在後天出發。我會在明天預訂開往中央州的火車票，也請帝國部隊(你們)記得訂票。」

希絲蓓爾瞥了掛在牆上的時鐘一眼。

時間是上午十一點半。

「在米司蜜絲隊長回來前，我就去走廊上轉轉。伊思卡，你陪我一趟。」

兩人前往走廊。

他們走向旅館電梯，並在往上搭了兩層樓後，見到眼熟的茶髮少女立於前方。

「小的久候多時了，希絲蓓爾大人。」

「燐……」

她是愛麗絲的隨從——燐。

在看到她臉孔的瞬間，希絲蓓爾登時明顯地臉色一沉。

雖然就立場上來說，這位名為燐的少女與希絲蓓爾的隨從修鈸茲相當接近，但她甚至掌握了護衛和諜報相關的技術，是一名優秀的戰鬥員。

……希絲蓓爾仍在懷疑姊姊（愛麗絲）。因為愛麗絲的嫌疑尚未洗清。

……她一直懷疑愛麗絲就是加害女王的軍事政變成員。

正因為將愛麗絲視為危險分子，所以她也無法向其隨從敞開心房。

希絲蓓爾的心境大概就是如此吧。

「燐，差不多可以別這麼做了吧？每天都得像這樣在妳面前現身兩次，令人相當心煩。就算退讓個一百步默許妳『監視』我的行為，但我可是想儘快回到母親大人的身邊啊。」

「希絲蓓爾大人，請恕我僭越，小的並不是前來監視，而是護衛您的。」

「是愛麗絲姊姊大人這麼命令的吧？」

「是的。」

「但我還沒辦法完全相信愛麗絲姊姊大人呀。」

「…………」

燐像是感到苦惱似的默不作聲。

「……不過，小的今天收到了來自女王陛下的賜言。」

「內容為何？醜話說在前頭，想對我說謊可是沒用的。因為我的星靈稍後就能完整『重現』妳們之間的對話。」

「小的要轉述的內容，與您的力量有關。」

燐壓低了音量。

這裡是旅館的走廊。雖然伊思卡感覺不到周遭有人的氣息，但他們並不知道何時會有人經過此地。

「女王陛下是這麼指示的：『關於休朵拉家的碧索沃茲變為非人怪物一事，我需要能展示給家臣的證據。』」

「所以呢？」

「小的希望您能拍下影像——帝國劍士。」

燐拿在手上的，是看似在電器行購入的全新攝影機。她將攝影機拋了過來。

「你去把影像拍下來。希絲蓓爾人人的星靈術，能夠重現碧索沃茲前天的身影，去把過程好好記錄下來。」

「為了把這個影片帶回王宮嗎？」

「沒錯。若想流放休朵拉家，就需要鐵錚錚的證據……唔，我說太多了。這和你沒有關係，所以別放在心上。」

愛麗絲的隨從將臉撇開。

不過，希絲蓓爾沒漏看她這樣的反應。

「欸，燐，伊思卡可是我的部下，不許妳對他無禮。」

「不，我不是你的部下，而是保鏢才對。」

「伊思卡已向我宣誓，要締結永恆的主從關係了。若是侮辱伊思卡，就與侮辱我無異。」

「根本沒這回事吧！」

「還有，燐，妳可別太小看我了。就算妳是愛麗絲姊姊大人的隨從，在我面前也與不堪一擊無異。」

「唔！」

燐挑起了眉毛。

希絲蓓爾那句話引起了她的不快。這等同於拐個彎在嘲弄身為主子的愛麗絲——所以燐才會有這樣的反應吧。

「恕小的僭越，希絲蓓爾大人，您這是在輕蔑我的主人嗎？若是如此，身為愛麗絲大人隨從的我，也不能就此默不作聲。」

「燐。」

第三公主從伊思卡的手中接過攝影機，擺出拍攝的架勢。

然後——

「妳一直對自己的胸部大小感到自卑對吧！」

「～～～呃！」

希絲蓓爾突然如此宣告。

燐像是觸電了似的身軀一震。

「今年就要滿十七歲的妳，對於這一年來毫無成長的胸部感到相當不安，我沒說錯吧？」

「什、什什什……！妳有什麼根據這麼說！」

「呵呵呵，我的星靈術，可是將妳昨天晚上的行動掌握得一清二楚喔。」

希絲蓓爾露出了勝利的笑容。

至於燐則是用雙手遮住了自己尺寸含蓄的胸部。

「太、太卑鄙了！希絲蓓爾大人，這種與偷窺無異的行為——」

「妳在晚餐時點了大量的包心菜絲、堅果，然後還喝了熱牛奶吧？這些全都是所謂促進胸部發育的食物對吧？」

「……嗚……啊啊啊！」

燐的臉蛋逐漸變得通紅。

而希絲蓓爾則是拿起攝影機，作勢拍攝滿臉通紅的燐。

「而在深夜時分！我可是親眼看到了！妳居然在浴室做起讓胸部變大的體操！」

「不要呀啊啊啊啊啊啊啊啊！」

燐的慘叫聲迴蕩在走廊上。

「那真是驚天動地的一幕呢。我也想不到妳居然會在三更半夜一個人做那種事。」

「不、不是的、不是那樣的！那、那只是我……照著在雜誌上看過的體操有樣學樣……只是基於好奇而已………！」

「我可以立刻重播當時的影像喔。喏，我手上還有可以用來錄影的相機呢。」

「呼喵啊啊啊啊啊啊嗯！」

那已經連喊聲都不算了。

燐的臉龐如今已經超越了通紅，變成了鐵青色。她驚惶的程度，就連在一旁看著的伊思卡都不禁心生同情。

……雖然內容有點偏頗，但這種威脅的方式還真是狠毒。

……我這下也明白家臣會對希絲蓓爾的星靈退避三舍的理由了。

只要能返抵王宮，她馬上就能揪出軍事政變的真凶吧。

真是可怕的始祖後裔。

「小、小的投降了……還、還請您千萬要對此事保密！」

「妳知道就好。伊思卡，我們走吧。」

希絲蓓爾老神在在地交抱雙臂。

她轉身背對六神無主的燐，朝電梯走去。

「該死的帝國劍士！」

「啊，好痛！妳、妳幹什麼啊？為什麼手裡拿刀？」

他被刺了一刀。

就在希絲蓓爾挪開視線時，燐冷不防地拔出了藏在身上的小刀刺了過來。

「竟敢……竟敢讓我承受這般奇恥大辱……」

「又不是我幹的！」

「吵死了、吵死了！既然讓你知道了少女的祕密，我就要你負起責任！納命來！」

「我要負什麼鬼責任啊！」

伊思卡全力衝刺，從淚眼汪汪的燐身旁逃開。

2

旅館九樓，在伊思卡等人投宿的房裡——

「我把窗簾拉上了，這下子就不會被人從外頭窺伺了。這樣就行了嗎？」

「這樣就可以了。」

伊思卡一行人站在客廳的牆邊。

陣拉上了窗簾，而音音則是站在餐桌旁，拿著攝影機負責拍攝。

然後——

米司蜜絲隊長則是以好奇與困惑參半的神情，站在希絲蓓爾的身旁。

隊長米司蜜絲・克拉斯。

她比伊思卡還要矮一個頭以上的高度，長著一張娃娃臉。雖然怎麼看都還只是個十來歲的小朋友，但她其實已是一位二十二歲的成年女子。

「喂，隊長，妳又不用做事，沒必要在那邊窮緊張吧？」

「可、可是……」

米司蜜絲隊長怯生生地回應。她平時總是表現得純真活潑的樣子；如今卻像隻被帶到陌生人家的幼貓般，神色緊張地視線游移。

「人、人家該做些什麼事？」

「妳什麼都不用做。畢竟光是妳對星靈一無所知這點就教人頭痛了。該頭痛的不是妳，而是我呢。」

站在身旁的希絲蓓爾說道。

希絲蓓爾的年紀雖然只有十五歲左右，但米司蜜絲看起來更顯得嬌小年幼。

「後天，我們要搭乘開往中央州的火車……若是將修鈸茲失去聯繫這一次也算在內，此行的凶險程度可不是第八州能相提並論的。就是被官員直接找上，並被要求確認身分也不奇怪。」

身為帝國人的伊思卡等人，並沒有皇廳的居民證。

而能讓一行人解圍的關鍵，就落在化為魔女的米司蜜絲手上。

由於一度墜入星脈噴泉——亦即凝聚了從星球中樞產生的未知能源「星靈」的場所之中——使得米司蜜絲身上寄宿了星靈，並且化成了魔女。

「對我國來說，星紋才是最為可靠的身分證明。隊長，妳光是亮出左肩的星紋，就很有可能就此擺脫各式各樣的盤查。」

「……嗯、嗯。」

「可是！身為星靈使的妳，若是對星靈──特別是對星靈術一無所知，就很有可能會成為他人追問的話柄！」

感到困擾的不只是第九〇七部隊（伊思卡一行人）而已。

就連僱用己方的希絲蓓爾，也會因此而臨立場上的危機。雖說若是隨從修鈸茲在場，就能發揮他經驗老道的口舌功夫克服難關，但他現在不在場。

「我就老實說了，我這個人很不擅長說話。」

「這是值得自豪的事嗎？」

「你、你少囉嗦！總之，我不擅長說些包庇他人的話，你們若不能自行解決眼前的麻煩，那我會很困擾的！」

從頭開始學習星靈的一切。

為了能表現得更像個土生土長的皇廳人──這就是希絲蓓爾在這樣的困境之中，要求米司蜜絲做到的事。

「……雖然我把話說得嚴重了些，但是也不曉得是幸還是不幸，帝國軍人（你們）應該也對星靈術很了解吧？」

皇廳的星靈部隊，以及帝國的人類防衛機構。

在橫亙百年的戰爭期間，兩軍都將自己的手牌攤給對方知曉。

「你們也知曉了我的星靈術，所以米司蜜絲隊長，我能展示的充其量就只有『實作』的部分而已。」

在客廳的中央一帶。

希絲蓓爾將手伸向上衣的前釦。她以熟練的動作解開第一顆釦子，並伸向第二顆。

「星紋寄宿的部位可說是千差萬別，大多數人都是在手臂或腳上，但像我這般……寄宿在不願被人看見的部位上的案例，也是屢見不鮮。」

魔女公主漸漸敞開衣襟。

大概是顧慮到陣和伊思卡的目光吧，只見她的臉龐微微泛紅。

就在位於鎖骨和雙峰之間的位置——

閃爍著淡淡光芒的星紋，在拉上窗簾的房裡顯得熠熠生輝。

「隊長，妳可有聽過星靈的說話聲？」

「咦？」

「從這樣的反應來看，似乎是還沒有體驗過呢。雖然那道聲音沒有清晰到像是真人在說話，但總有一天，妳應該也會在朦朧之際聽見那樣的說話聲吧。到了那一刻，就是妳正式覺醒為星靈使的時刻。」

「…………」

「哎呀，變成和我一樣的『魔女』，就這麼讓妳感到不快嗎？」

看到米司蜜絲愁眉苦臉的反應，希絲蓓爾反而以高壓的口吻這麼補上一句。

「我不打算幫帝國人的妳設身處地著想，再說我們現在不該建立友誼關係。不過……」

她側眼看過陣和音音——

最後看了伊思卡一眼後，涅比利斯的第三公主繼續開口說：

「待我回到王宮之後，若第九〇七部隊（各位）有就此歸順皇廳的意願，我定會欣然接受。還請各位謹記在心。」

純血種希絲蓓爾按住了自己的胸口。

「星星啊，讓我看看你的過去吧。」

星靈之光綻放。

從胸口閃現的光芒，照亮了希絲蓓爾眼前的虛空。光線逐漸收斂，如同投影機一般，描繪出前天現身的「魔女」身影。

「妳在王宮看到的『怪物』，是不是和這個很相像呢？」

「惡星變異『Vi實驗體』——」

魔女的嬌笑聲在客廳中迴盪。

紫羅蘭色的火焰熊熊燃燒，將紅髮魔女包覆起來——

「噫！」

米司蜜絲看到這幅光景不禁尖叫著彈起身子。

陣則是皺起了眉頭，就連架著攝影機的音音也瞪大了眼，呆立在地。沒錯，出現在畫面上的是一頭怪物。

「那不是人類」。

凝固的頭髮形成深紅色寶石般的形狀，全身的肌膚變得像是水母般通透，甚至可以直接看到她身後的夜空。

魔女碧索沃茲。

那是襲擊希絲蓓爾的刺客，同時也是伊思卡在歷經激戰後擊敗的強敵。

「咦？這、這是影片嗎？」

「這是類似立體影片的影像，也能忠實地重現原音。音音小姐，請妳讓相機鏡頭好好地捕捉影像喔。」

「……好、好的。」

手指發顫的音音用力頷首。

在她身旁的銀髮狙擊手也罕見地露出苦笑。

「這重現的精密度之高，還真是誇張得要命啊。我那時候只是稍有耳聞，原來這就是妳的星靈術啊……這逼真的程度連帝國的立體投影技術都要嚇得臉色發白啊。」

「我頭一次看見的時候，也是大吃一驚喔。」

這是伊思卡第二次看她施展星靈術。

在獨立國家阿薩米拉的時候，希絲蓓爾曾對襲擊而來的殲滅物體發動過，那也是伊思卡首次見識到她的星靈術。

她當時還「召喚」了規模驚人的龐大沙塵暴，澈底騙過了獨立機兵的偵測器。

「這就是我被盯上的理由。」

希絲蓓爾的雙眼蒙上了一層陰影。

「一旦我回到皇廳，就能揪出在王宮引發軍事政變的凶手。而對方就是害怕此事，才會派遣魔女（碧索沃茲）過來吧。」

「……音音這下也明白了。好厲害的力量……」

中止拍攝的音音做了一個深呼吸。對於這衝擊性的一幕，她甚至連呼吸都忘了，只是一味盯著影片。

「實作就到此結束囉，隊長小姐。」

「……嗯、嗯……」

「就算妳不期望，總有一天也會聽到星靈的說話聲。是要接受抑或拒絕——這是妳該謹慎思考的問題。」

希絲蓓爾扣上胸前的鈕釦。

接著她自行走到窗邊，將緊閉的窗簾再次拉開。

「因為能讓妳煩惱的時間已經所剩不多了。」

3

涅比利斯皇廳星之塔——

女王的個人居所「星塵摩天樓」——

在一百年前，此處便是涅比利斯皇廳的始祖——涅比利斯一世的寢室，同時也是傳承給歷任女王的住所。

天花板以特殊玻璃製成。

這裡一旦入夜，就能透過天花板看見滿天繁星，以宛如星象儀般的美麗景象聞名。

「愛麗絲，我確實說過有妳陪伴相當可靠，畢竟我們還無從得知軍事政變何時會再次爆發。可是……」

在居所的寢室之中──

對單人使用來說顯得過大的豪華床舖上，身穿輕薄睡衣的女王大大地嘆了口氣。

「可是，我可沒吩咐過要妳晚上和我一起睡呀……」

「不，母親大人，這是女兒有意為之的宣示。得向軍事政變的凶手展現出露家團結一致的氣概才行！」

躺在床上的愛麗絲也同樣穿著睡衣。

由於她隨性地躺臥著，所以胸口一帶大大地敞開。但面對自己的親生母親，她並不覺得有必要為此感到害臊。

「在希絲蓓爾歸來之前，就由女兒陪同母親大人。就由自家人的陣仗來保護您！」

「……真是的。但既然女兒都這麼有心了，我就坦然接受吧。」

「沒錯。還有，我已經很久沒在母親大人的房間裡待這麼長的時間了，光是能在床上入眠，就讓我感到開心呢。」

寢室的一隅擺著書架。

書架上陳列著和皇廳相關的史書和研究書籍。盡是些年幼的愛麗絲看了，就會感到頭痛的艱澀文獻。

其中也有幾本相簿豎立在書架上。

「………」

愛麗絲隨手抽出一本相簿。

「她其實並沒有很想看」。

在她有所察覺之際，自己便已經伸出了手。雖說她閃過要將相簿塞回書架上的念頭，但區區相簿還不至於讓她打退堂鼓。

還沒動手翻閱，她就知道相簿的內容為何。裝飾在相簿裡的，想必是愛麗絲年幼時的相片，其中也包含了長女伊莉蒂雅和三女希絲蓓爾的身影。三人感情融洽地一同遊玩的照片。

……那是我十歲？還是更小時候的事？

……我們那時候明明就那麼要好……

是女王聖別大典的關係嗎？

女王繼承人的大位之爭——若沒有這樣的血脈之爭，或許三姊妹的感情還能融洽如故吧。

「沒什麼有趣的相片喔。」

「咦？」

就在愛麗絲內心糾結之際，女王突然拋來了出乎意料的話語。

那是什麼意思？

反倒感到在意的她，不禁動手翻閱相簿，接著輕呼出聲。

「……這張相片是？」

那並不是三姊妹的照片。

那張陳舊褪色的照片，有著一位與愛麗絲長得相像，但看起來缺乏情緒起伏的短髮少女。

「那是我喔。是我還在星靈部隊服役時拍的，也是三十多年前的照片了。」

「是母親大人當年的……」

這本並不是她們姊妹的相簿。

所以母親才會拋出「沒什麼有趣內容」的話語吧。然而對愛麗絲來說，這反而加深了她的好奇心。

……我還沒看過這張照片呢。

……是在戰場上拍的嗎？

年輕的女王站在破敗凋零的岩石地帶，和一名白髮青年合影。

青年有著威風凜凜、五官深邃的白皙面容，但他似乎不喜歡被拍照的樣子，只見他露出了厭煩的表情，將臉撇向一邊。

青年並非星靈部隊的成員。

他只在鍛鍊得精壯魁梧的上半身罩上一件長外套。這標誌性十足的裝扮是——

「……薩林哲！」

他的長相還清楚地烙印在愛麗絲的腦海裡。

因為超越的魔人（薩林哲）從第十三州厄卡托茲逃獄後，曾和碰巧在場的燐與伊思卡展開過一場壯烈的死鬥。

雖說三十年如一日的長相也讓她感到驚愕，然而更讓她感到困惑的是，薩林哲居然曾和現任女王（母親）合影過。

……怎麼會？

……這名魔人可是在三十年前向當時的涅比利斯七世開戰的罪孽深重之人呀。

為什麼他會和母親一同入鏡？

而兩人並肩而立的模樣，簡直就像是久歷戰場的戰友一樣。

「母親大人？」

「所以我不是說過了嗎，這不是什麼有趣的東西。」

床上的女王瞥了愛麗絲手裡的相簿一眼，接著重重嘆了口氣。

「我和魔人（薩林哲），當時曾是『那種交情』。就只是這麼一回事而已。看在現在的妳眼裡，或許會覺得相當滑稽吧。」

「那種交情」……

既然能並肩入鏡，就代表他們兩人的交情肯定不差；然而，愛麗絲想像不出任何更進一步的可能性。

「我們每次見面都會打成一團。」

「咦？」

「妳也知道，那個男人會到處搶奪別人的星靈。他相中了我的星靈發起襲擊，而我則是將他倒打一頓，這樣的光景曾經上演過無數次。」

「……啊、呃……」

上演過無數次？

在首次上演時，就該將魔人薩林哲逮捕歸案吧？

「將他逮捕未免太過可惜──那個時候的我，應該是這麼認為的吧。」

「……您的意思是？」

「我一直想要一個能對等一戰的對手。」

「唔！」

「我一直希望有個『能讓我毫無顧忌地使出全力，並能鬥得旗鼓相當的對手』。我小的時候以擊敗帝國軍為目標，追求著鬼神般的強大力量，而他便是出現在我面前的無禮之徒、挑戰者，同時也是平起平坐的勁敵。」

「————」

愛麗絲捧著相簿的手顫抖了起來。

……這……

……母親大人……女兒也…………

她很想放聲大喊。

喊著「我也有著這樣的願望」。

「不把我視爲特例的無禮之徒——你只要保持這種認知就可以了。」

「你也將我看成了一名勁敵對吧？」

與帝國永不落幕的戰爭，以及女王聖別大典所帶來的窒息感。

想透過「某人」帶來的亢奮感吹跑這些陰鬱的心情——無論是母親還是女兒都是一樣的，母女可謂毫無不同。

愛麗絲非常想從心底喊出那名劍士的名字。

然而——

「『那是我犯下的過錯』。」

女王的話聲中卻帶了尖刺。

那尖銳的棘刺不僅擊潰了愛麗絲湧至喉頭的話語，還深深刺進了她的胸口。

「至於在那之後的發展……就和妳知道的一樣喔，愛麗絲。」

「…………」

三十年前——

超越的魔人薩林哲為了成為「超越女王的存在」而潛入涅比利斯王宮，對當時的涅比利斯七世發起襲擊。

而擊退那名魔人，並將他打入大牢的，正是涅比利斯八世。

也就是眼前的女王米拉蓓爾。

「我們的最後一戰，打得非常不像樣呢。就是綜觀我與那名男子的十餘次決鬥，也屬於最無長進且低劣的一次吧。」

「……他不是您的勁敵嗎？」

「就只有最後一戰，我沒有表現得像個勁敵的樣子。那不是我所追求的模樣。」

女王伸出了手。

她從愛麗絲手裡輕輕抽走相簿，塞回原本的書架上。其動作像是在對愛麗絲訴說：「差不多看夠了吧？」

「我與那名男子的戰鬥，跨越了立場之間的限制。那是同樣將星靈術鍛鍊到極致之人，賭上彼此意志的對決。那樣的戰鬥確實讓我感到心曠神怡。」

「————」

「但到了最後，那名男子卻成了襲擊女王七世的窮凶極惡之徒。身為公主的我，也不得不將之肅清。我們最後成了單純的善與惡——類似警察和罪犯這樣隨處可見的庸俗關係，這點讓我感到如鯁在喉。」

女王臥倒在床鋪上。

將臉埋進枕頭之中。

「愛麗絲。」

「在。」

「妳在第十三州（厄卡托茲）阻止了那名男子。他當時可有對妳留話？」

「…………呃、這個……」

愛麗絲慌慌張張地搜索記憶。

第二公主愛麗絲莉潔擒住了魔人薩林哲——雖然報告是這麼記載的，但實際與他交手的人是帝國的前使徒聖伊思卡。

……那時候伊思卡幾乎什麼都沒說。

……燐當時是怎麼說的？

燐將與魔人之間的對話全都向自己作了報告。

若要說對話之中有什麼教人在意的內容——

「最該爲涅比利斯血脈感到恐懼的並非小姑娘（米拉蓓爾），而是『誕生了始祖血脈的眞正怪物』。無知至此的妳何其悲哀。」

「咦！」

「怎麼了？」

「什、什麼事也沒有……」

愛麗絲雖然連忙帶過這個話題，但胸口劇烈的悸動卻遲遲難以撫平。

她當時完全沒對這句話多加留心。

但現在的愛麗絲察覺到了。在聽聞過襲擊了希絲蓓爾的魔女碧索沃茲的來龍去脈後，如今的她有了頭緒。

……居然說存在著誕生了始祖血脈的真正怪物？

……「那指的難不成是休朵拉家的碧索沃茲」？

燐說過，碧索沃茲變成了非人的怪物。

從始祖的血脈——休朵拉家誕生的怪物，這樣的存在，豈不是完全符合薩林哲的描述嗎？

……那他豈不是作了預言？

……為什麼一直待在監獄裡的魔人，能夠預言碧索沃茲的出現？

冷汗滑過臉頰。

露家尚不知曉的陰謀——

在女王和愛麗絲看不到的暗處，目前正瞞天過海地策劃陰謀——這樣的猜測在愛麗絲的腦海裡揮之不去。

逃獄後失蹤的魔人目前身在何處，同時又在做些什麼事？

他到底是為了什麼目的而逃獄的呢？

「…………」

就在這時——

床鋪旁的邊桌傳來了來電鈴聲。

「……這不是女王的通訊機傳來的鈴聲呢。愛麗絲，是妳的喔。」

「是燐打來的？」

都這麼晚了，還打了緊急電話過來？

到底發生什麼事了？

「燐，怎麼啦？」

『請恕小的夜間打擾。希絲蓓爾大人一行人已經就寢。至於另一件要報告的事情，一如事前規劃，希絲蓓爾大人將於明天前往中央州。』

女王在愛麗絲的身旁點了點頭。

愛麗絲將通訊機放到床鋪上，和母親一同聆聽內容。

『火車的車次和座位就如白天向您報告的那般，小的也會暗中同行，護衛希絲蓓爾大人的人員也會隨行。』

「……護衛的是『他們四個』對吧？」

『是的，皆是希絲蓓爾大人在獨立國家阿薩米拉僱用的傭兵。』

雖然真實身分是帝國部隊，但此事不能在女王面前揭露。

即便愛麗絲的內心有些惶惶不安，但就護衛的意義上來說，伊思卡的同行讓她放了一百二十個心。

……雖然本小姐看不慣希絲蓓爾黏著他（伊思卡）的種種舉動。

……但也只要再忍耐一天就好了。

希絲蓓爾即將返抵中央州。

一旦回到王宮，她想必就能解決掉一連串的問題吧。除了軍事政變的真凶之外，她也能透過回顧過去的手段，找出碧索沃茲變為非人怪物的箇中原因。

「燐。」

『女王陛下，小的在。』

「謝謝妳的報告。我明天會派部下前去中央車站待機，妳向希絲蓓爾傳達一聲，要她從四號出口離開。」

『遵命。那麼小的就此掛斷通訊——』

通話結束了。

愛麗絲將無聲的通訊機放回邊桌，悄悄地嘆了口氣。

……掛心的事情實在是太多了。除了軍事政變之外，還有薩林哲說過的那些話。

……但總之得先解決明天的事。

只要忍到妹妹希絲蓓爾回來就好。

等到了明天，許許多多的謎團想必就能一一解開吧。

Chapter.2　「我名為伊莉蒂雅」

1

涅比利斯皇廳中央州——

中央車站「沙克拉利斯．涅比利卡」——

宛如被一層白雪覆蓋的美麗巨蛋，緩緩映上大陸列車的車窗上頭。

坐在三人座正中央的希絲蓓爾，正一個勁地看向窗外。她現在戴上了喬裝用的眼鏡，還將髮型弄成與音音相似的馬尾造型。

……就算做了喬裝，果然還是一樣可愛呢。

……而且光是在搭乘這班車的途中，就被搭訕了三次。

坐在她正對面的伊思卡，也戴上了沒有度數的眼鏡。

他穿上在皇廳購入的襯衫，星劍則是藏在高爾夫球袋放在手邊。

『伊思卡哥，第四節車廂沒有異狀喔。陣哥那邊呢？』

『第二節車廂也一樣。雖然有個出遊家庭的小孩吵得有點讓人心煩，但我沒看到可疑的人影。隊長，第一節車廂呢？』

『……嚼嚼……嗯，這個烤肉麵包真好吃呢。』

『我又不是在問妳便當好不好吃。』

『人、人家只是在開玩笑啦！放心啦，司機先生一直很冷靜，完全沒有異狀呢。』

『要好好幹啊。今天是最後一天，若順利的話，我們的任務只要再過幾小時就能結束了。如此一來，我們就可以迅速離開這個國家了。』

陣的說話聲從耳機傳來。

伊思卡和希絲蓓爾待在第三節車廂，音音和陣分別待在前一車和後一車，而米司蜜絲隊長則是在第一節車廂待命。

……燐應該也在吧。

……收到愛麗絲指示的她，肯定也搭上了同一班火車。

「馬上就要抵達了。」

也不曉得有著粉金色頭髮的少女是否看出了伊思卡的心事，只見她緩緩將臉轉了回來。

「只要抵達中央車站的四號出口，應該就會有女王的使者出來接應。我會搭上他們的車前往王宮。」

「那些使者能信任嗎？」

「可以。」

她輕輕點了點頭，接著以有些猶豫的口吻說道：

「使者是名為蘇旺的年老女性，她是修鈸茲的堂親。」

「……這樣啊。」

「修鈸茲的家族，是代代侍奉王室的隨從之家。不過，我還是第一次遇到這樣的事情。我究竟該怎麼向蘇旺道歉呢……」

隨從修鈸茲依然沒有聯絡。

在問過與女王有聯絡的燐之後，他們得知修鈸茲並未抵達王宮的事實。

……可以肯定是受到了妨礙。

……最可疑的是碧索沃茲所屬的休朵拉家，其次是假面卿所在的佐亞家是吧？

涅比利斯的三大血族。

在接下希絲蓓爾的護衛任務前，伊思卡也不知道圍繞著女王的爭霸戰竟會如此鮮血淋漓。

……就算抵達王宮，希絲蓓爾肯定也會繼續投身於嚴酷的戰鬥之中。

……但身為帝國兵的我，絕不能對她抱有任何同情。

只要再過幾個小時。

自己就會和希絲蓓爾變回敵對的立場——變回魔女公主和帝國士兵這樣淺顯易懂的關係。就像伊思卡自己和愛麗絲的關係一樣。

「我姑且作個確認，我們說好的是『護衛到看得見王宮為止』對吧？」

「是的。不過，我先將這個交給你。」

「嗯？」

「是說好的報酬的其中一半。」

希絲蓓爾從手提包中取出了一個紙包，約莫是伊思卡可以用雙手藏住的大小。

「這是能阻絕星靈能源的『星鐵』貼紙。雖說在自然剝落之前都能發揮效用，但我建議每個星期更換一張貼紙較好。但我隨身攜帶的，就只有這二十張貼紙而已。」

「…………」

「至於剩下的一半則是這個。待我抵達王宮後，就會交給你們。」

那是一份手寫筆記。

上面寫了貼紙的材料——「星鐵」的取得方法，以及能協助加工的業者清單。米司蜜絲隊長若還想待在帝國生活，這兩項情報可說是缺一不可。

「……這樣好嗎？」

「這不是送出去會構成問題的東西，若是就此將剩下的一半交給你也無妨。」

公主微微露出了柔弱的苦笑。

「不過我也明白，有些人會在收下報酬的瞬間就態度不變。你和你的同伴也可能是其中的一分子呢。」

「……就我而言，我有點不知道該怎麼反應。」

「伊思卡。」

帶著黃金色的雙眸，筆直地看了過來。

就在那嬌豔的雙唇即將說些什麼的瞬間——

『本列車即將抵達中央車站。』

在廣播傳來的同時，火車發出了「喀噹」的聲響，降低了行駛的速度。

火車駛入大型巨蛋之中。

「伊思卡哥，要抵達囉。」

「喂，隊長，該下車了。」

「等、等一下、等一下！人家的車票收到哪裡去了？」

音音、陣和米司蜜絲隊長來到了第二節車廂。

看到三人到來，希絲蓓爾隨即站起身子。而伊思卡則是抱著她的行李箱和裝了星劍的高爾夫球袋，追在希絲蓓爾的身後。

中央車站一樓——

這裡的裝潢類似大型百貨公司，可以看見高級品牌的專櫃和小型攤販。旅客和商務人士熙來攘往的光景，與帝國的中央車站十分相似。

「伊思卡，往這裡走。」

希絲蓓爾在三兩下就會迷路的廣大車站裡筆直前行。

「我們要前往四號出口。就方位來說，那邊離王宮近，也有能讓王室專車停泊的空間。」

「使者已經在那裡等我們了對吧？」

「是的，我們要——呀啊！」

希絲蓓爾輕呼了一聲。

由於回頭看向身後的伊思卡，導致她沒看到從眼前橫穿而過的女性。

「對、對不起。是我沒好好看路……咦……」

希絲蓓爾將臉轉向前方。

而在抬頭仰望身前的女子後，她便像是凍結了一般僵住身子。

「哎呀哎呀。」

「…………唔……為……為……」

「可不能左顧右盼的呀，希絲蓓爾。妳看，經妳這麼一撞，可不是把用來喬裝的眼鏡都弄歪了嗎？來。」

女子將希絲蓓爾的眼鏡扶正。

而她的身姿，讓身後的音音和米司蜜絲不自禁地嘆了口氣。

「哇，音音小妹妳看，好漂亮的女生喔！」

「好厲～害！那個人的胸部比隊長的還要大呢。啊，但若是以身材比例來說，隊長應該沒有輸吧。」

「音音小妹，這些話是多餘的喔！」

絕世美女。

站在希絲蓓爾面前的年輕女子，散發著同為女性的音音和米司蜜絲都會為之屏息的美貌。

「我名為伊莉蒂雅。」

女性露出了甜美的微笑。

帶有大波浪捲的翡翠色長髮，散發著世界絕美的金色光芒。

端正五官的相貌甚是迷人，光是與她四目相接，就有種意識要被吸走的錯覺。

她的身高比伊思卡熟知的愛麗絲更為高挑，而豐滿的雙峰則是從衣服底下高高鼓起，像是隨時都要將胸口的布料撐破一般。

「…………姊、姊姊大人……！」

「歡迎回來，希絲蓓爾。姊姊我很擔心妳喔？」

自稱伊莉蒂雅的女子，看似親暱地撫摸著嬌小的第三公主的腦袋。

希絲蓓爾先是愕然地半張著嘴，隨即回過神來，像是在逃跑似的轉身狂奔。

她背對著嘈雜的行人們前行。

「希絲蓓爾？」

「跟上我！快點！」

希絲蓓爾跳上了火車的第三節車廂——那是伊思卡一行人剛剛才離開的車廂。

如今其他的旅客已全數下車，車上空無一人。

在氣喘吁吁地跑上車廂後，希絲蓓爾這才回過身子。

「喂，這是怎麼回事？妳叫她『姊姊大人』？」

「咦……那、那個超級大美女是妳姊姊？她是過來接風的嗎？」

「等、等一下、等一下！這是怎麼回事！」

在伊思卡之後，陣、音音和米司蜜絲隊長也踏入了第三節車廂。

接著，隨著一陣慵懶的腳步——

「嗯，這麼說也是呢，車站裡有太多的閒雜人等，若要說悄悄話，還是待在車廂比較好呢。這是很出色的判斷喔，希絲蓓爾。」

高挑美女甩著翡翠色的長髮走進車廂。

她筆直地看向一臉驚愕的希絲蓓爾。

「我聽說妳的隨從失蹤的事了，妳這段期間不好受呢。」

「唔！」

希絲蓓爾的肩膀顫抖了起來。

隨即，第三公主像是情緒潰堤般，放聲大吼道：

「伊莉蒂雅姊姊大人，您這是怎麼回事！」

那並不是喜悅的吶喊。

而像是看門狗見到陌生人之際會大聲吠叫的反應。

「就我所知，前來中央車站迎接的理應是女王派出的使者才是，但您為什麼會——」

「哪有什麼理由呀。」

凝視妹妹的姊姊依然掛著笑容。

「身為姊姊，會擔心可愛的妹妹不是天經地義的事嗎？」

「……您這是真心話嗎？」

「至於另外一件事——在妹妹失去隨從之後，一路守護她回到這裡的各位，我想向你們致上謝意。」

美麗的眼眸投向伊思卡。

接著，她依序看向狙擊手（陣）、機工士（音音）和隊長（米司蜜絲）。

「我是希絲蓓爾的姊姊，名為伊莉蒂雅。各位，歡迎你們不遠千里地來到我國。」

「……妳也是和王室有關的成員嗎？」

「我和希絲蓓爾擁有同樣的身分喔。」

伊莉蒂雅對陣笑吟吟地回應。

這臨機應變的本事著實高明。

伊莉蒂雅恐怕是聽了陣的這句話，就瞬間聽出了「希絲蓓爾尚未表明自己身為公主的身分」。在作出這樣的推論後，她間不容髮地作出了「無論希絲蓓爾是怎麼說明自己的身分，也不會導致立場暴露」的回應。

這一連串的反應太過自然而流暢。

只要稍有遲疑，陣肯定不會看漏那一瞬間的不協調感。在場的成員之中，就只有伊思卡正確地看穿了她的真實身分。

……希絲蓓爾的親姊姊，換句話說，她也是涅比利斯的公主？

……原來她們是三姊妹嗎！

能從對話中聽出希絲蓓爾是妹妹的身分。

換句話說，愛麗絲和她之中，其中一人會是長女。

……應該是她比較年長吧。

……無論是從外貌或是個性上來看，她都明顯成熟太多了。

就是看在伊思卡的眼裡，愛麗絲也是個可愛與美麗兼具，還帶著凜然氣息的高雅公主。

但這位伊莉蒂雅無論是在外貌還是個性方面，都比愛麗絲更為成熟。

風情萬種的成人美貌。

相較於孩子氣的部分和希絲蓓爾不相上下的愛麗絲——

這位伊莉蒂雅，即使面對希絲蓓爾的挑釁和找碴，也是不動聲色地加以包容，可以看出她尊爵不凡的氣度。

「……伊莉蒂雅姊姊大人，我還有急事要辦。」

妹妹瞪視著雍容華貴的姊姊。

也許是受到困惑和焦慮的情緒影響，她的語速比平時快上許多。

「我得和女王陛下的使者會合，儘快前往王宮才行。」

「哎呀哎呀，確實是這樣沒錯呢。」

姊姊用手抵著臉頰，像是感到開心似的以愉悅的口吻說道：

「這輛火車很快就會開進車庫，在車掌前來巡車之前，我們快點把事情談完吧。」

「……您還有事沒交代嗎？」

「當然啦。我不是說過要和在場的這幾位聊聊嗎？」

在向持續警戒的希絲蓓爾這麼宣告後——

有著翡翠色長髮的公主，重新將視線轉向眾人。

「那麼，我也在王宮收到報告，聽聞四位是希絲蓓爾在獨立國家阿薩米拉聘僱的傭兵。」

一瞬間，現場陷入沉默。

陣作為部隊的代表點了點頭。

「沒錯，我們確實是在那邊接受了委託。」

「哎呀哎呀，若真是如此，那豈不是我搞錯了嗎？」

「嗯？」

「『我還以為各位是帝國軍人呢』。畢竟各位不管怎麼看都是在一年前放跑這孩子的使徒聖伊思卡，以及他所待過的部隊呢。」

「唔！」

不要作出驚惶的反應——

即使事前這麼叮囑過，終究還是沒辦法徹底做到吧。音音和米司蜜絲隊長倒抽了一口氣，陣瞇細了眼睛，而伊思卡也不禁渾身打顫。

真希望這只是他們聽錯了。

然而，伊莉蒂雅確實說出了「使徒聖伊忠卜」這個名字。

「姊……姊姊大人……？」

希絲蓓爾步履蹣跚。

她的臉龐血色盡失，嘴唇也變得蒼白。

「您、您這是在胡說什麼……這些人是……」

「其實呀，我曾有一陣子和帝國軍相處得很好喔，只是沒和任何人說過罷了。」

她像是在強調豐滿的胸部似的交抱雙臂。

涅比利斯的純血種盈盈一笑。

「當然，我的身心都站在『皇廳這邊』。說得簡單點，我是個假意投靠帝國的雙面諜。」

「妳是雙面諜……？」

「只不過，我的狐狸尾巴終究還是被帝國司令部給逮到了。我雖然已經和帝國軍分道揚鑣，但那次的經驗讓我帶走不少和帝國軍有關的資訊，也還留有單方面向帝國軍發話的管道。」

可以別在我面前假裝不知情嗎？

這位魔女的弦外之音便是——「我已知曉你們的真實身分」。

「希絲蓓爾，這件事要是被女王知道了，應該會鬧出大事吧？」

「什麼！」

「在這中央車站內，已有好幾百人目擊到妳和帝國軍人一同行動的光景。如今已不需要假面卿出馬蒐集情報，光是車站內的目擊情報，就足以讓露家顏面掃地喔？」

「…………」

希絲蓓爾沒有回答。

她的嘴唇發白，纖瘦的肩膀頻頻發抖。

「我想向各位『請求』一件事。」

伊莉蒂雅繼續向第九〇七部隊說道：

「這不是什麼難以達成的請求，對於回應了希絲蓓爾請求的各位來說，肯定也是一樁美事。不過，若各位不從的話——」

「就要把我們的狀況洩漏給帝國司令部，是吧？」

「這方面就任您想像了。但這麼一來，各位也會很頭疼吧？要是被司令部知道帝國部隊在為魔女做保鏢，肯定會釀成大騷動的。」

聽到陣的低喃，伊莉蒂雅閉起一隻眼睛送了個秋波。

她的話語聲顯得十分雀躍。

就像是不把這樣的對話當成交涉，而是看成比賽較勁一般樂在其中。

……居然說是帝國軍的雙面諜？

……肯定沒這回事。光是她主動開口這一點，就有很高的機率是在扯謊。

伊莉蒂雅可是女王的女兒。

要是第一公主和帝國軍互通聲息，那希絲蓓爾只要反過來向女王舉報此事，就能讓伊莉蒂雅身敗名裂。

……不過，明明是初次見面，她卻能立刻看出我們的身分。

……這名公主肯定和帝國之間建立了某種管道。

因此，他們無法反抗伊莉蒂雅。

在惹她不快的瞬間，第九〇七部隊的行徑就會立刻傳到帝國司令部耳裡吧。如此一來，己方（伊思卡）一行人就會失去歸處。

「好啦，希絲蓓爾，要原諒姊姊喔？」

她向一時無語的希絲蓓爾諄諄開導。

涅比利斯的第一公主搭上希絲蓓爾纖細的肩膀，以沉穩的語氣繼續說道：

「帝國部隊（這些人）無法忤逆我，妳的保鏢現在都成了我的所有物囉。」

希絲蓓爾抱著破釜沉舟的決心交涉得來的帝國部隊，只在短短一瞬間就落入了名為伊莉蒂雅的姊姊的掌握之中。

——魔女。

她居然能將局面反轉得如此出神入化。

但對伊思卡來說，最令他感到震驚的，還是伊莉蒂雅乃是「愛麗絲的姊姊」這一事實。

……看似相像，卻又不盡如此。

……這名長女和愛麗絲與希絲蓓爾，是完全不同的類型。

愛麗絲和希絲蓓爾，是會將內心的情緒如實傾吐的類型。

然而這名長女卻像是——

「八大使徒」。

伊思卡不禁想起了會動用各種壓力逼人屈服的帝國首腦們。

「……姊姊大人。」

希絲蓓爾像是絞盡了力氣似的吐出話語：

「……如果我將姊姊大人剛才說過的話稟告女王，豈不是會對您不利？」

「什麼意思？」

「我確實做了不符合公主身分的行為，但這都是基於信念而為！而姊姊您大人您又如何！曾與帝國互通聲息？這豈不是無從寬恕的大罪嗎！」

雙方都用名為話語的刀刃直指著彼此的喉嚨。

只要有一方暴露祕密，另一方馬上就會揭露真相。

「呵呵，希絲蓓爾，別露出那麼可怕的表情嘛。我呀，可是因為擔心妳而來的喔。將帝國部隊帶進王宮，再怎麼說也是不被允許的行為，身為姊姊的我，阻止妳這麼做不是很正常嗎？」

長女像是感到見外似的，拍了拍希絲蓓爾的肩頭。

「這可是為了妳而規劃的提議喔。」

「……您、您這是什麼意思？」

「那麼各位，請容我說明我的『請求』吧。」

只能聽她把話說完了。

既然身為帝國部隊一事已然暴露，即便試圖反抗，也只會落得被星靈部隊包圍的下場。就算能逃出生天，他們接下護衛任務的消息也會傳到帝國司令部，令他們失去故鄉。

……無論是什麼命令都無法忤逆。

……既然都知道我們是帝國部隊了，還打算叫我們做什麼事？

是要我們投靠皇廳嗎？

還是就這麼關押起來？

「要請你們享受一段愉快的時光喲。」

在連呼吸都不被允許的緊迫氣氛下，涅比利斯皇廳的公主卻依然掛著笑容。

「各位，請走一趟露家的別墅放個長假吧。」

「嗯——？」

她在說什麼？

音音和米司蜜絲愣愣地眨了眨眼。

而在陣不發一語地皺起眉頭後，伊莉蒂雅繼續說道：

「我想向辛苦護衛我可愛妹妹的諸位奉上謝禮，因此想招待各位前往我的宅邸。我不會向各位進行拘捕或是盤問一類的行為。」

「………呃、是？」

米司蜜絲隊長戰戰兢兢地開口說：

「請、請問……那、那樣是指……」

「這個嘛，讓各位在別墅享受十天左右的度假時光如何？只要十天一過，我就會將各位送回帝國境內。」

「————姊姊大人，請您差不多一點！」

第三公主緊繃的吼聲響徹了車廂。

「我不明白姊姊大人到底在想些什麼！既然都知道他們是帝國部隊了，為何還要邀他們前往露家的別墅！」

「哎呀，既然是一群辛苦守護重要妹妹的貴人，當然就得給予高規格的招待嘛。」

「那就該在王宮招待才是。」

「連女王謁見廳都可能遭人轟炸的地方，有辦法好好款待他們嗎？」

「……唔！」

「在軍事政變不知何時會捲土重來的現在，在王宮招待來客乃是極其危險的行為。況且邀帝國部隊入宮，也有洩漏國家機密之虞吧？」

「…………」

希絲蓓爾說不出話來。

就邏輯上來說，伊莉蒂雅的說法更為站得住腳。身為公主，確實只能接受「不能讓帝國部隊接近王宮」的說法。

「……這部分確實正如姊姊大人所言。」

「妳能明白真是太好了，希絲蓓爾。妳從小就是個聰明的孩子呢。」

「可是！若照您的說法，現下最佳的處理方式，豈不是應將帝國部隊（他們）立刻趕出國外嗎？要將他們招待至露家別墅的理由為何！」

「妳覺得這不合邏輯嗎？」

「沒錯！」

「呵呵，希絲蓓爾，妳的想法可真有意思。」

姊姊像是覺得好笑似的以指抵唇。

「在僱用帝國部隊擔任保鏢的當下，妳那前所未有的荒唐行為才是最不合邏輯的喔？」

「……那、那是因為！」

「放心吧，希絲蓓爾，我是妳的伙伴喔。」

她對緊咬後齒的妹妹說道：

「妳應該也有經過深思熟慮吧？但就我來說，我實在無法眼睜睜看著帝國部隊在我國境內跋扈而行，這是基於國防方面的考量喔。」

「…………」

「所以我才會邀他們暫居別墅呀。那邊離王宮有好一段距離，而且也能以『在王宮遠處隔離了帝國部隊』的理由站穩陣腳呢。而在這十天之間，我會再對他們進行盤問的。」

美麗的魔女回過身子。

她依序看向伊思卡、陣、音音和米司蜜絲隊長的臉孔。

「就算身為帝國士兵，他們拚命保護了我重要的妹妹一事仍是不爭的事實。我會簡單地詢問他們幾個問題，只要得出可以直接釋放的結論，就會將他們送至帝國。」

「妳是打算在名為別墅的監獄，對我們行使名為招待的監視嗎？」

「不不不。我可是已經請了國內頂尖的主廚前往別墅待命了呢。」

即使聽到陣出言諷刺，伊莉蒂雅也依然老神在在。

「啊，對了，希絲蓓爾，妳也一起來吧。」

「……咦？」

「妳很擔心我會不會粗暴地對待這幾位吧？既然如此，那妳就一起來吧。」

「可、可是我還……得回王宮……」

「不——行。喏，抓到妳囉。」

伊莉蒂雅大大地張開雙臂。

希絲蓓爾還來不及抵抗，就被她抱了過去。嬌小的希絲蓓爾的臉龐雖然整個埋進了深邃的乳溝之中，但伊莉蒂雅毫不在意。

「……姊、姊姊大人！您這是……」

「希絲蓓爾，妳需要好好休養一段時間。一旦回到王宮，妳很快就會因為過度勞累而倒下，等在別墅靜養一段時間後再返回王宮即可。」

「…………可、可是……」

「襲擊妳的碧索沃茲已被拘捕，佐亞家和休朵拉家則是被下了禁足令，所以女王陛下目前很安全。更何況還有愛麗絲陪著呀。」

「……………」

她溫柔地將妹妹抱在胸口。

然而，有那麼一瞬間，她給人的印象卻像條攫住獵物的蛇——這難道是伊思卡的錯覺嗎？

「我們一起前往露家的別墅吧。這可是久違的姊妹同聚，很教人期待吧？」

＝＝

在伊思卡等人跳上的第三節車廂後方——

所有乘客都已離開的第四節車廂裡，理應無人的座位暗處——

「……伊莉蒂雅大人！」

燐隱藏氣息，隔著門聆聽另一節車廂的對話。

她的右手雖然握著通訊機，但現在無法使用——因為對話內容有可能會被伊莉蒂雅聽見。

「這是怎麼回事？居然要去露家的別墅？」

名為「不能讓帝國士兵靠近王宮」的理由。

燐也對這樣的說法抱有同感，她原本也打算在伊思卡等人踏入王宮的前一刻拉住一行人。然而，伊莉蒂雅居然提出了邀至別墅的替代方案？

這樣做實在太過火了。

……這等同於讓帝國軍深入露家的地盤。

……愛麗絲大人在擄走伊思卡的時候，也是特別找了間旅館安置他的！別墅裡藏著許多和露家有關的機密。

此舉無異於將大筆資訊洩漏給帝國軍方。

「伊莉蒂雅大人，您的舉止果然十分可疑……！」

說起來，第一公主原本就有叛國之嫌。

在希絲蓓爾前往獨立國家阿薩米拉之際，伊莉蒂雅疑似將她的行蹤洩漏給了佐亞家。

「假面卿！您、您爲何會出現在這裡……」

「只是湊巧放了個假啊。我想把國內的喧囂忘掉，所以跑來了度假勝地，這一點也沒什麼好奇怪的。」

那是女王發布給希絲蓓爾的私人委託。

知曉內情的，就只有女王身邊的少數幾人而已。而燐和愛麗絲等親信，則一直待在女王的目光所及之處。

唯一的例外，就只有第一公主（伊莉蒂雅）一人而已。

……向佐亞家和帝國洩漏希絲蓓爾大人去向的背叛者。

……而且比任何人更明白希絲蓓爾大人的星靈術之力。

換句話說，她是刻意從中作梗。

將帝國部隊喚至別墅進行盤問，只是表面理由。

「她真正的目的果然還是希絲蓓爾大人！她這是打算將希絲蓓爾大人軟禁在別墅，讓她無法返回王宮嗎？」

六號出口。

燐跟在被伊莉蒂雅領路前行的希絲蓓爾和帝國部隊身後，咬緊了後齒。

2

涅比利斯王宮「女王謁見廳」——

在被夕陽餘暉照映的大廳裡，愛麗絲正聆聽著隨從（燐）傳來的報告。這是她和女王一同作好準備，等待妹妹歸來的期間發生的事。

「希絲蓓爾她……被帶去露家的別墅了？」

『是的。恕小的僭越，我認為此舉似乎有刻意妨礙希絲蓓爾大人回到王宮的意圖。』

「…………」

露家的別墅位於中央州的郊區。

雖說為了在王宮出事時能儘快趕到，所以座落於距離此地車程不到兩小時的地點，但仍是屬於相當偏遠的郊外。

……如果目的是要把希絲蓓爾隔絕在外，那個地點算是相當合適的了。

……就算真的出了什麼意外，伊莉蒂雅姊姊大人也能在第一時間趕回王宮。

既不會太遠，也不會過近，是一個恰到好處的地點。

然而，她卻萬萬想不到會被拿來作為軟禁之用。

「母親大人，這下該怎麼辦……」

「愛麗絲，把通訊機給我。」

她將通訊機遞給女王。

「燐，妳沒被伊莉蒂雅發現吧？」

『是的。小的有多加留意。』

「果然了得。那麼，妳就先回來王宮一趟吧。我會向伊莉蒂雅派遣使者，要她現今立刻返回王宮。」

『遵命。不過，女王陛下，伊莉蒂雅大人真的會乖乖聽從使者的指示嗎……』

伊莉蒂雅是第一公主。

女王若僅僅是派遣部下要求返回王宮，那她大可嗤之以鼻。

「我會派愛麗絲過去。對象若是第二公主，她也不能充耳不聞吧？」

『…………小的明白了。』

「愛麗絲，就如妳所聽到的，伊莉蒂雅就拜託妳了。」

女王將通訊機遞還給愛麗絲。

「待在別墅的應當是伊莉蒂雅、希絲蓓爾，以及她所聘僱的四名護衛才是。那些護衛都是些不知內情的他國傭兵，要好好善待對方。」

「……啊。」

「嗯？怎麼了？」

「不、不不，什麼事也沒有！」

愛麗絲慌慌張張地搖了搖頭，但她疏漏了一件重要的事。

沒錯，她的注意力都集中在伊莉蒂雅身上，結果卻忘了帝國部隊也在一起。

……伊思卡豈不是也會跟去嗎！

……等等，露家的別墅裡也有本小姐的房間呀！

而愛麗絲的個人房裡，當然也收有愛麗絲的服飾和內衣。

要是一無所知的伊思卡被對方喊著「請隨意使用這間房」領進房內，他肯定會毫不遲疑地打開房裡的衣櫥吧。

會被看光光。

愛麗絲的房間會被他徹頭徹尾地審視一遍。其中也包含她出於好奇購入的……有些過於火辣的內衣褲。

「這可是大事一件呀，母親大人！既然狀況如此刻不容緩，女兒就一定會阻止伊莉蒂雅姊姊大人！」

「沒錯，愛麗絲。伊莉蒂雅的舉止實在是有些不太對勁。」

「……本小姐的內衣……」

「什麼？」

「不，母親大人，什麼事都沒有。」

她帶過了這個話題。

就算把內衣一事當成次要事項，對愛麗絲來說，姊姊伊莉蒂雅的行動仍是充滿了不解之謎。若是前往別墅，兩人確實能有獨處對話的機會。

雖然離開王宮讓她有些不是滋味，但這確實是自己應盡的本分。

「那麼，母親大人，女兒這就告退——」

「愛麗絲。」

「女兒在。母親大人，有什麼事嗎？」

「明年的這個時候，妳應該就會成為這間大廳的主人了吧。」

「……母親大人！」

由於太過震驚，愛麗絲險些雙腿一軟。完全不需要再次確認——因為女王的意思就是如此清楚明白。

這間「女王謁見廳」的主人——

……意思是我要成為女王？

……但這也太言之過早了吧！本小姐現在才十七歲，要再過一陣子才會滿十八歲呀。

當上女王的首要條件是「強大」。

為了在與帝國的戰爭中獲勝，女王必須是個年輕而強大的人物。而綜觀王室，符合這條件的人物並不在少數。

……就連女王聖別大典都還沒開始呀。

……無論是佐亞家或是休朵拉家，應該都會推派代表參加才是。

當然，愛麗絲也有登上女王之位的打算。她所懷抱的宿願，便是打垮帝國，締造一個星靈使不會受到歧視的世界。

然而，女王這番話是不是說得有些太早了？

「……母親大人，不，女王陛下……」

「我是要妳抱持著這樣的決心行事。現階段只要把這句話放在心裡就好。」

涅比利斯八世語氣平淡地接著說道：

「伊莉蒂雅就麻煩妳了。執行的方式交給妳決定，但要把她好好帶回王宮。」

「……好的。」

向女王行一禮後，愛麗絲便離開女王謁見廳。

Intermission 「特殊任務．最終階段」

單一要塞領域「天帝國」——

這個俗稱「帝國」的軍事大國，是在天帝詠梅倫根的授權下，由帝國議會執掌一切。

地下五千公尺處。

唯有搭乘設在軍事管理區中央基地的電梯才能抵達的這座會議場，如今響徹四下的卻不是議會的成員。

『涅比利斯的三大血脈——露、佐亞與休朵拉，都是這百年來透過女王聖別大典選出的歷任女王……啊？』

一名男子正被燈光照著。

『她們就是所謂的純血種。說穿了不過就是流有始祖涅比利斯之血的一群魔女和魔人。』

沒有腳步聲。

出身自帝國刺客部隊機構第六師的這名男子，是一名以「不用槍的格鬥術高手」之姿闖出名號之人。

使徒聖第八席「無形神手」——無名。

從頭到腳都被淺灰色緊身衣包覆的男子，在圓桌桌緣處停下腳步。

『雖然在外表上擺出了王族的架子，卻在檯面底下讓家族展開以血洗血的王座之爭嗎？看來怪物終究只是怪物，無聊透頂。』

「會嗎？要是夠強的話，就算是怪物，人家也來者不拒喔。」

在圓桌的不遠處——

直接盤腿坐在地上的，是一名打扮粗獷的女兵。

雖然個頭嬌小，但從坦克背心露出的上臂卻是結實如鋼。她有著一頭蓬亂的長髮和曬得黝黑的肌膚，過長的虎牙則從嘴唇底下露了出來。

「很久沒和你搭檔了呢，小無名。」

『……妳還活著啊，冥。』

「啊哈哈，說人家嗎？人家就算死了，也會為此復活喔。畢竟這麼有趣的『魔女狩獵』活動，還是帝國建國至今頭一次舉辦吧？」

女子從偌大的袋子中取出餅乾大嚼。

而她正是使徒聖第三席「驟降風暴」——冥。

她來自機構第五師——被分配到俗稱「無主地」的未開拓疆域的帝國士兵，在嶄露頭角後，爬上使徒聖位子的女子。

「……唉。」

「哎呀？小璃灑居然嘆這麼大的一口氣呀。和人家一起去皇廳就讓妳這麼開心嗎？」

「不是、不是。只是覺得咱最近好像老是在出國呢。對於想整天窩在帝都的咱來說，這種狀況真是教人憂鬱呀。」

璃灑上身趴在圓桌上，重重地嘆氣。

璃灑・英・恩派亞。

她有著聰穎且端正的面容，具備知性的黑框眼鏡與她相當匹配。雖然年紀和米司蜜絲同樣是二十二歲，卻是一名以帝國史上極為罕見的速度爬上使徒聖之位的才女。

「話說——」

璃灑維持趴在桌上的姿勢，朝著離自己兩個座位遠的位置看去。

「既然第一席先生都離開天帝大人的身邊了，身為參謀的咱就應該留在帝都才對吧？」

「啊哈哈，小璃灑好像怨念很深呢。這也～沒辦法嘛，畢竟天帝大人都給出許可了。」

璃灑和冥的視線所向——

坐著一名手提細長巨劍的男子。他是一名紅髮劍客，身上穿著一件將盔甲和大衣合而為一的專用戰鬥服。

使徒聖第一席「瞬」之騎士約海姆——

一般來說，他應該要駐守在天主府，片刻不離地守在天帝身旁。

「好像從上次集合之後，就一直沒見過小約海姆了呢？」

「…………」

「哎呀——還是一樣沉默寡言呢。天帝大人難道就不能開除這不識風趣的傢伙，改將人家提拔到第一席的位階嗎？妳說呢，小璃灑？」

「這得看天帝大人的裁定吧？」

「真是無趣的回答。」

冥吃光餅乾，將餅乾袋隨手一扔。

帝國議會場是禁止飲食的，敢不當一回事地違反這項規矩的人，也就只有這名女兵了吧。

「那麼，人家若是能拿下魔女的首腦，是不是就有機會了呢？」

「妳是指涅比利斯女王嗎？這個嘛……嗯——天帝大人應該多少會有所回應吧。倒不如說，不回應可不行呢。」

「哦哦？那麼——」

「不需要。」

低喃聲打斷了使徒聖第三席的話語。

男子散發出宛如鋼鐵刮擦般的強大魄力開口說。

「嗯？小約海姆？」

「女王會由我狩獵。」

劍士閉著雙眼說道：

「是這樣安排的吧？八大使徒？」

『──各位可真是血氣方剛啊。』

『特殊任務「女王活捉計畫」將於今天進入最後階段。』

隨著「嗡」的排氣聲傳來。

設置在會議場牆上的螢幕，映照出八名模糊的輪廓。

──八大使徒。

統御帝國議會的這八人，是帝國的首腦人物。

『時間要從六天前說起。』

『如同各位所知，涅比利斯王宮爆發了企圖暗殺女王的軍事政變。而皇廳至今仍然處於混亂之中。』

『而我等帝國則是要趁亂出擊。』

皇廳國內正由涅比利斯血族策劃暗殺女王的計畫。

皇廳國外則是由帝國軍精銳策劃生擒女王的計畫。

只要有其中一方成功即可。

在任何一方事成的瞬間，帝國與涅比利斯皇廳的戰力均衡或許就會徹底崩潰。

『冥，妳準備得如何？』

「隨時都能出發。」

冥舔著手指上的餅乾屑說道：

「人家和小無名挑出的刺客部隊已經潛入離皇廳較近的中立都市，接下來只要越過國境就行了。那邊是小璃灑負責的來著？」

「咱也作好安排了。」

璃灑拄著臉頰說道：

「照射星靈能源，藉此在帝國兵身上附著人工星紋的實驗已經結束，如今隨時都能穿過國境關卡了喔。」

『幹得漂亮。』

『各位都表現得一如事前規劃呢。』

掌聲響起。

但贈予眾人的掌聲就像是擷取了電影裡的鼓掌片段一般，顯得冷漠而僵硬。

『跨越國境後的路線，就一如我們事前交付的那般。』

『就兵分八路朝中央州前進吧。而抵達中央州的小組就在王宮前方待命。』

涅比利斯王宮——

始祖後裔所居住的「星之要塞」過去未曾被任何一名帝國士兵成功入侵過，是一個完全未知的領域。

然而，如今王宮的構造圖已經落入了帝國軍的手裡。

『涅比利斯王宮由四座塔所構成。』

『星之塔、月之塔、太陽之塔，以及俗稱「女王宮」的主城。』

『而各位的攻擊目標，乃是太陽之塔以外的一切。』

「——啊哈！」

使徒聖第三席冥像是忍俊不禁似的失笑道：

「不管聽幾次都覺得有夠好笑的呢。是叫做休朵拉來著？這麼淺顯易懂的侵攻計畫，豈不是將背叛帝國之人的名號公諸於世？」

「叛國的是休朵拉家」。

他們不僅是試圖暗殺女王的軍事政變首謀，同時也是向帝國發起女王活捉計畫的當事人。

而這也是在場的使徒聖一直到今天早上才接獲的機密資訊。

「活捉女王、對王宮縱火，但就只有休朵拉家的太陽之塔毫髮無傷，這麼做豈不是在昭告天下他們就是背叛者嗎？」

『這不是我們需要擔心的事。』

『各位的任務很單純，就是聚集帝國軍方的最強戰力攻打涅比利斯王宮，並抓住女王和在場的純血種。』

「……您雖然用『簡單』來形容……」

璃灑翻了翻放在圓桌上的「魔女名冊」，接著露出苦笑。

據說這也是休朵拉家送來的名冊。

「A級目標是女王涅比利斯八世，B級目標是佐亞家當家葛羅烏利，C級目標是佐亞家的琪辛。其他還有冰禍魔女愛麗絲莉潔等……」

若要標上難易度，這已經超過了「困難」，完全是「絕無可能」的境界。

說起來，在過去一百年的戰爭中，帝國從來沒有成功活捉過任何純血種。而八大使徒此次的要求，卻是要眾人至少帶回兩名。

『放心，這不是什麼大不了的事。』

『此行的目的並不是要殲滅皇廳，而是只須狩獵約兩名魔女或魔人回來即可。』

「……這上面每一個都是響噹噹的人物耶？」

璃灑瞥了坐在地上的同事一眼。

「順帶一提，冥的計畫是什麼？」

「人家哪有什麼計畫，就是隨便找地方開打，隨便找個人抓走囉。」

看著魔女名冊的第三席嗤之以鼻。

「啊哈，這個叫冰禍魔女的傢伙，不是小無名你之前沒能幹掉的對手嗎？還是說，你是差點被幹掉的那方？」

『天曉得。』

待在圓桌外緣處的男子不感興趣地回了一句。

『就算鎖定了目標，獵物也不見得會乖乖現身。只能挑找到的獵物下手。』

「那不是和人家一樣嗎！」

『是啊。』

「看來我們很有默契喔，今晚要不要一起吃個飯？」

『我拒絕。』

在惡狠狠地回了一句後，無名隨即調轉腳步。

他背向八大使徒的螢幕。

『無名，你要出發了嗎？』

『你可是帝國引以為傲的頂尖格鬥高手，期待你有不辱名號的表現。』

無名沒有回答。

接著，冥和璃灑等人也依序起身，朝著不同的電梯走去。

最後留在現場的只剩下紅髮劍士。

『約海姆，你的目標就只有女王而已。』

『其他目標皆可忽視。女王肯定會待在女王謁見廳吧。若說還有什麼變數的話，大概就是冰禍魔女或許會和她在一起。』

「『她不在』。」

使徒聖第一席睜開雙眼。

『瞬』之騎士約海姆重新將細長的巨劍揹到背後，站起了身子。

「冰禍魔女現在『不在王宮裡』。」

Chapter.3 「三姊妹戰爭（愛麗絲忍無可忍）」

1

涅比利斯皇廳中央州——

這裡是都市的郊區，眼前是一片綠意盎然的田園風光和森林景色，還能遠遠窺見與地平線相連的廣闊雪溪。

……已經快三小時了。

……從中央車站上車後，車子就一直沒停過。

這輛金屬烤漆的高級轎車，載著伊思卡一行——亦即四名帝國部隊和希絲蓓爾。至於第一公主伊莉蒂雅，則是坐在行駛在前方的車輛之中。

如今，窗外的天空已經緩緩染上了橘紅色。

很快就要入夜了。

就這樣坐上別人的車，真的是正確的選擇嗎？不只是伊思卡，坐在身旁的陣、音音和米司蜜絲，想必都惦記著同樣一件事吧。

「要到囉。」

一直沉默不語的希絲蓓爾，在這時抬頭說道。

兩輛車開進了由老舊石牆圍起的草原。米司蜜絲隊長在下車後回頭張望，隨即出聲說道：

「咦？這裡不是普通的草原，難道說……」

「這裡是前庭喔。」

「前庭！可、可是……這裡大到像是一座操場耶？」

「這也沒什麼了不起的。」

站在廣大草原上的希絲蓓爾雲淡風輕地說：

「我的祖先是在一百年前來到這裡的，當時這一片還是無人開墾的荒地。據說那時的大地寸草不生，不過土地倒是想圈多少就有多少。」

「……是、是這樣呀。」

以帝國軍隊長的立場來說，她應該不知道該怎麼反應吧。

畢竟當年迫害星靈使、將他們逼出帝國領外的人，正是帝國軍方。

「難道說，這座美麗的城堡就是……」

「是我家的別墅喔。」

那是一座被草坪包圍的白色古堡。

雖說作為一國堡壘來說小了一些，但以提供一個家庭居住的別墅來思考，那格局或許是超乎尋常吧。

「……這比我的房間不曉得大上幾百倍啊。」

「哎呀？那是因為伊思卡的房間太小了啦。但我倒是很想看看呢。」

希絲蓓爾久違地露出笑容。

就在不遠處。

「各位，辛苦你們強忍舟車勞頓之苦了。歡迎來到露．艾爾茲宮。」

翡翠色長髮的公主轉身說道。

帶著青草味的微風吹拂著鮮豔的長髮和連身裙。她背對著淡紅色天際微笑的模樣之美，就連頂尖的電影女星都相形失色。

「這間宅邸就是各位的住處。若有任何需要，還請不吝提出，希望各位能在這裡盡情享受長假生活。」

「那我倒是有個問題想問。這間宅邸是妳名下的嗎？」

「家主是我母親喔。」

對於陣的提問，第一公主瞬間作出回應。

「母親雖然也是王室的成員之一，但目前不在此地。就由我、希絲蓓爾和宅邸的傭人們款待各位。」

伊莉蒂雅站在門口處。

還以為她會敲響門鈴，但想不到大門居然自動敞開，讓伊思卡內心著實吃了一驚。

……是機械式的自動門嗎？

……難道古堡只是表象，內部裝潢已經都改為自動化了嗎？

還以為腹地的警備不嚴，但實際上並非如此。

恐怕各處都裝設了最新型的監視器和保全裝置。

「來，各位請進。」

在伊莉蒂雅的催促下，一行人踏入城內。

這是一間有兩尊巨大石像迎接訪客的大廳。

就在伊思卡踏上被打磨得宛如明鏡般光亮的地板時——被吊燈照亮的天花板，迴蕩起嘹亮的男人嗓聲。

『嗨，各位帝國士兵，有勞你們自投羅網了。』

『納命來吧。』

——是假面卿的聲音！

那是將米司蜜絲隊長踢進星脈噴泉的元凶。而在獨立國家阿薩米拉的時候，也是因為有這名男子從中作梗，希絲蓓爾才會身陷險境。

可以說是排名僅在愛麗絲之後的大敵。

「我們中埋伏了嗎！」

察覺此事的瞬間，伊思卡立即向後一跳。走在最後方的陣將大門一腳踹開，音音和米司蜜絲隊長則是看向中庭。

與此同時，伊思卡環顧大廳，尋找假面男子的存在。

然而——

一個人也沒有。

城堡的大廳只有兩尊石像，並無任何人影，也找不著假面卿和其部下的身影。

「前、前庭也……沒看到人耶？」

窺伺外頭狀況的音音這麼大喊。

還以為外頭已是大批人馬團團包圍的陣仗，但只看到停在偌大草坪上的兩輛車而已。

……這是怎麼回事？

……明明聽到那個男人的聲音，卻感受不到襲擊的氛圍。

冰冷的寂靜充斥現場。

在氣氛緊迫的空間中，有著粉金色頭髮的魔女驀地睜大雙眼。

「姊姊大人，剛才的聲音是您的星靈所為吧……」

「呵呵，是不是有些太刺激了呢？」

伊莉蒂雅像是忍俊不禁似的笑出聲來。眾人同時將目光集中到她身上。

到底是怎麼回事？

「真是抱歉，帝國部隊的各位，剛才那是我自導自演的獨角戲。我一不小心……就犯了愛捉弄人的壞毛病。」

美貌的魔女看似開心地露出陶醉的神情。

「不過，由於接下來得在『魔女』的宅邸度日，各位應該也很在意魔女（我）具備什麼樣的星靈吧？畢竟我若是擁有強大星靈的魔女，就可能會在各位就寢之際發起襲擊呢。」

「…………」

第九〇七部隊沉默不語。

他們無法理解伊莉蒂雅的思路。這名魔女難道主動向帝國部隊揭露了自己的星靈？

「那道『聲音』就是妳的星靈術嗎？」

「您真是明察秋毫。那就像是鸚鵡學舌一般的星靈術，堪稱是『王室成員之中最派不上用場的星靈』呢。」

對於陣的提問，伊莉蒂雅坦率地點了點頭。

「這弱小的星靈術連作為餘興節目都不夠格，因此還請各位安心度日。在這段長假期間，我絕對不會對各位做出加害之舉。因為我的星靈術甚至連小嬰兒都傷害不了。」

「……妳這是在自嘲嗎？」

「自嘲？唔……我從來都沒這麼想過呢。因為我可是打從心底覺得『有這樣的星靈真是太好了』呢。」

伊莉蒂雅按響了大廳的招呼鈴。

待輕快的鈴聲止歇後，看似傭人的少女們隨即從裡面的樓梯快步走了下來。

全部共計五人。

所有人都穿著與燐非常相似的女傭服。

「她們都是露家的傭人，請各位放心。」

看到伊思卡的反應後，希絲蓓爾小聲地附耳說道：

「她們分別是尤米莉夏、艾雪、諾葉兒、西詩提爾和娜彌。她們雖然都是星靈使，但擁有的星靈都不具攻擊性。」

「也就是說，這些傭人不用兼任護衛的意思？」

「你如果指的是愛麗絲姊姊大人身邊的燐，那我只能說她是特例。一般來說，貼身侍從是沒辦法兼任護衛職責的。」

說到燐的去向。

她應該搭乘了同一班火車抵達中央州才對；然而在列車到站之後，她就不曾在伊思卡面前現出身影。

……她躲起來了嗎？

……憑藉燐的本事，應該早就知道我們會來這裡了吧。

愛麗絲應該也已經得知來龍去脈了才是。

「……難道說愛麗絲也會來這裡嗎？不，這再怎麼說也……」

「伊思卡？」

「啊，不，我什麼都沒說！」

被希絲蓓爾這麼一喚，伊思卡才連忙回過神來。

自己最近的狀況實在不太對勁。明明不打算放鬆戒備，但只要一想到和愛麗絲有關的事，自己就會忍不住分神，這究竟是為什麼？

……不行，我放太多注意力在愛麗絲身上了。

……首先應該對這間宅邸多加防範才對啊！

伊莉蒂雅和五名傭人。

雖然她們的星靈都不具攻擊性，但宅邸恐怕還安排了其他護衛，也可能整間宅邸都設置了威力強大的保全裝置。

己方的立場終究還是敵國士兵，這一點說什麼都不能忘記。

「各位貴客，我們已將客房準備好了。」

傭人少女恭敬地行了一禮。

「雖然是可恨的帝國士兵，但既然收到了伊莉蒂雅大人的命令，那我等便會在這段期間將各位視為賓客。請往這裡走。」

「…………好、好的。」

氣氛火爆至極。

五名少女都散發著只要一有破綻，就會掏出藏在暗處的匕首襲擊而來的凶悍氣息。

「哎呀哎呀，真是抱歉呀，伊思卡先生。」

伊莉蒂雅愉悅地說道：

「由於太久沒招呼客人了，所以傭人們看來也很緊張呢。」

「那真的是因為緊張的關係嗎……」

「艾雪，邀請這些人上門作客的可是我，所以不能失了禮數喔。再怎麼說，也不能將泥漿混進泡好的咖啡裡——」

「這是在煽動吧？妳這是在拐個彎教唆她這麼做吧？」

「若真的要在咖啡裡加料，好歹也得用上洗潔劑呢。」

「居然還提出更過分的建議！」

「——那麼，請跟我來。」

四名傭人少女分別來到了伊思卡、陣、音音和米司蜜絲隊長的身旁。

他們踩著大廳的階梯前往二樓。

在一樓的伊莉蒂雅面帶微笑的目送下，伊思卡進駐了露家的別墅。

＝＝

涅比利斯王宮的中庭——

這裡種植了鬱鬱蒼蒼的林木，以及散發著宜人芬芳的繽紛花朵。而此時，有一輛王室專車停泊在此處。

那是安裝了防彈玻璃、厚實裝甲板，甚至做了反毒氣設計的氣密型箱型車。

這是用來防範各式奇襲的特製專車。

「燐，要出發囉！」

「請、請等一下呀，愛麗絲大人！小的才剛剛回到王宮沒多久耶！」

愛麗絲身穿外出用的連身裙。

而燐扛著兩個大型包包，慌慌張張地追在她身後。

「愛麗絲大人，小的也知道這樣詢問實在不大得體，但您難道沒能預測到伊莉蒂雅大人會這麼做嗎？」

「辦不到呀。因為姊姊大人對外聲稱身體欠佳，一直待在房間裡呀。本小姐和母親大人則是為碧索沃茲的事忙得不可開交。」

「請恕小的失禮，聲稱身體微恙也是……」

「現今回想起來實在古怪呢。」

所謂身體不適云云，有很高的機率是在誆騙眾人。

但想不到她居然能躲過女王和愛麗絲的目光，悄悄地溜到中央車站埋伏希絲蓓爾。

「燐，我再作一次確認，出現在中央車站的就只有伊莉蒂雅姊姊大人而已對吧？」

「是、是的！」

她和燐一同跳上專車。

負責駕駛的男子同樣是露家的傭人。在這封閉的空間裡可以毫無顧忌地暢所欲言。

「……姊姊大人究竟在想些什麼？」

王族專車駛出中庭。

愛麗絲透過防彈玻璃看著窗外流逝的景色，咬緊雙唇。

「燐，伊思卡也跟著希絲蓓爾一起進入別墅了對吧？」

「是的！對於將帝國軍人邀入露家別墅一事，愛麗絲大人想必深感不快，而小的對此也感同身受。」

「…………也是呢。」

愛麗絲嘴上搭腔，但浮現在腦海中的卻是別墅裡的個人房。

該怎麼辦？

房裡的衣櫥裡收納著愛麗絲不敢拿出來見人的內衣——那是洋溢著成人情趣的精品，換作是在人多眼雜的王宮裡，她是絕對不會穿上那種內衣的。

都是基於少女的好奇心——

以溫室花朵的身分長大的少女(愛麗絲)，也曾有過想變得成熟的時期。

「……說什麼都不能曝光。」

愛麗絲悄悄握緊拳頭，堅定地發誓。

2

露．艾爾茲宮的東廂房二樓——

「記得這間是叫做『射手居』吧。」

套房客廳富麗堂皇的程度，讓人聯想到高級旅館的客房。而伊思卡則是慎重地檢查著打理得整潔乾淨的寢具。

「雖說枕頭裡面沒有暗藏玻璃碎片，開水壺也沒有下毒，然而一旦起了疑心，懷疑的念頭就會沒完沒了呢。畢竟我們是帝國士兵一事已經曝光……」

被領入房間後，已經過了將近一個小時的時間。

雖然目前尚未查出被動過手腳的痕跡，但還不能就此鬆懈。

「陣應該不需要我擔心，但不曉得米司蜜絲隊長和音音要不要緊。還是先通訊……啊，對了，通訊機被沒收了啊。」

各式各樣的裝備都被對方沒收了。

包括通訊機、陣的槍枝和伊思卡的星劍都落入了對方手裡。根據伊莉蒂雅的說法，這些裝備都會在拘留的最後一天還給眾人。

「…………」

和平的街景映照在二樓的窗戶上。

雖然看不見疑似涅比利斯王宮的建築物，但可以在地平線的彼端隱約窺見林立於中央州的高樓大廈。

……若是想要逃跑，只要跳出窗外就能脫身。

……我們就像是被關進籠子的籠中鳥，只不過這籠門完全是敞開的。

就算能逃出宅邸，這裡也是敵國領地。

就算能闖過國境回到帝國，一旦己方當過魔女保鏢一事被帝國司令部知曉，那就玩完了。

——若覺得有地方能逃的話，還請自便呀？

總覺得就是閉上眼睛，也想像得出第一公主笑吟吟的模樣。

咚……

「伊思卡。」

宛如悄悄話一般的細語，從門的另一側傳了過來。

「你沒事吧？」

「希絲蓓爾？」

「這裡原本就是招待客人的房間，我認為應該是不會做出不恰當的安排，不過……」

有著粉金色頭髮的少女，輕巧地滑進房間之中。她就像剛才的伊思卡一樣，仔細地確認起床鋪和桌子等家具。

「看來客廳裡似乎是沒有呢。」

「……妳是指整人的機關嗎？」

「是竊聽器喔。」

「…………」

「怎麼了？為什麼會露出這種驚愕的反應？真不符你平時的作風呢。」

「……不，我只是沒想到妳會說出那個詞彙罷了。放心吧，我剛才也清查過一遍了，但什麼也找到。」

伊思卡也對此多加防備。

他在進入房間之後，首先就是搜索竊聽器和監視器。在花了將近一個小時仔細調查後，他並沒有找到類似的裝置。

……希絲蓓爾貴為王族，這棟別墅對她來說也與名下的不動產無異。

……原以為會對此有所提防的應該只有帝國軍(我們)而已。

「提到可能下手的人選，那自然就是伊莉蒂雅姊姊大人了，我當然也會為此警戒。」

公主在沙發上坐下。

對伊思卡而言，她這般發言著實令人吃驚。

「她不是妳姊姊嗎？」

「是呀。但就這個時間點來說，最有可能將我的行蹤洩漏給假面卿的也是她。至於排行第二的嫌犯則是愛麗絲姊姊大人……就懷疑的比例來說，伊莉蒂雅姊姊大人是七至八成，愛麗絲姊姊大人大約是三至四成吧。」

「我以保鏢的立場問個問題，我們最該提防的是哪個部分？」

「就是竊聽器喔，還有就是監視器。幸好這裡似乎都沒有呢。」

希絲蓓爾仔細打量著天花板說道：「只要在天花板找到小型的洞孔，就可能代表對方在牆壁裡藏了監視器。

「她能藉此採集到露家的公主和帝國軍同謀的證據。簡單來說，她想逮到我將皇廳的祕密洩漏給你們的那一瞬間——或是相反的狀況。」

「妳是指……她打算拍下我們將帝國的祕密洩漏給妳的證據嗎？」

「這是絕對必須再三嚴防的狀況。也要設想伊莉蒂雅姊姊大人已經背叛露家的可能性。」

她這麼做肯定有什麼目的。

畢竟涅比利斯皇廳的第一公主居然會親自出馬，還在軟硬兼施之下將希絲蓓爾及伊思卡一行人帶到這間大宅。

「還有，我不曉得身為帝國人的我是不是該問這個問題，但她（伊莉蒂雅）的星靈……是類似讓聲音重現的錄音機嗎？」

「那不是錄音機，而只是單純的聲線模仿。」

這位妹妹毫不遲疑地揭露姊姊的星靈內幕。

「她本人也展示過了，所以我講開了應該也不成問題才是。伊莉蒂雅姊姊大人的星靈能夠創造『聲音』，也就是重現她曾聽過的說話者的聲音，就像剛才模仿假面卿的聲線說話那般。由於只是在模仿聲調，所以也能自由地編輯說話的內容。」

「也能捏造他人沒說過的話？」

「是的。但反過來說，因為她有隨意改變的能力，所以無法作為證據使用。」

「啊……這樣啊。」

希絲蓓爾的「燈」能映照出過去的景象。

正因為其內容無法竄改，所以在蒐證方面的可信度甚至受到了王室百分之百的信任。但長女（伊莉蒂雅）的能力卻沒有這項優點。

……那確實是單純在模仿他人的聲音而已。

……就和中立都市的街頭藝人的模仿秀沒什麼太大的差異。

「沒有可發揮的餘地」。

「若只是皇廳的平民百姓倒還無妨，但姊姊大人貴為第一公主，若是在女王和家臣面前表演這種小伎倆，也只會惹得他們愕然吧？」

「與公主這身分地位不相稱的力量啊……」

坦白說，這樣的力量完全聯想不到她是始祖的後裔。

……我以為純血種的星靈都無一例外地強大。

……不只是我而已，帝國司令部也有著這樣的認知，所以才會對純血種多加防範。

像是冰禍魔女愛麗絲莉潔和棘之魔女琪辛那壓倒性的戰鬥能力——

或是假面卿能穿透空間的暗殺能力，都屬於極為危險的範疇。

而透過希絲蓓爾的「燈」之星靈所獲取的資訊，也可能會震撼迄今的均衡狀態。

……沒想到也有這樣的例外。

……而且偏偏還是讓第一公主伊莉蒂雅得到那樣的星靈。

伊莉蒂雅之所以會展示自己的星靈——

也是在嘲弄自己，表示這種能力連隱瞞的價值都沒有吧。

「她剛剛好像說過『王室成員之中最派不上用場的星靈』對吧？」

「是的，而這樣的說法恐怕是八九不離十。我雖然不能向你透露其餘王室成員的星靈，但家臣們都私下議論過，認為伊莉蒂雅姊姊大人的星靈是最為『派不上用場』的存在。」

希絲蓓爾輕聲苦笑。

「真諷刺呢。說話技巧、禮儀、氣質和那驚為天人的美貌……伊莉蒂雅姊姊大人擁有人類所冀望的一切，若能加上與之匹配的星靈，那姊姊大人無疑就是下一任女王的最佳人選。」

「……她真的有那麼厲害？」

「是的。就公主應有的表現來說，我和愛麗絲姊姊大人都遠遠無法和她比肩，就連佐亞家和休朵拉家恐怕也只能捲起尾巴俯首稱臣呢。」

上天賜予了伊莉蒂雅兩個禮物。那些分別是美若天仙的容貌和過人的智慧。

但卻沒將「星星」贈予她。

寄宿在她身上的星靈實在過於無力，讓她沒有問鼎涅比利斯女王的資格。

「你既然是帝國軍人，那應該也知道，要當上涅比利斯女王的首要條件，就是成為一名強大的星靈使。」

「應該說，我以為每個始祖後裔都是實力超群的存在啊。」

「就這層意義上來說，伊莉蒂雅姊姊大人確實是例外呢。但即使屏除掉這一點，她仍是相當難以應付的存在呢。因為很難預測她究竟布下了什麼樣的策略……」

希絲蓓爾吁了一口氣，驀地站起身子。

「來，我們出發吧，伊思卡！」

「嗯？去哪？」

「那還用說。既然要在這間別墅度假，那身為露家的一員，就該帶你好好參觀宅邸了！就由我帶你導覽這間宅邸的每一個角落——」

第三公主伸手指向門扉的另一端。

「然後翻出隱藏起來的監視器和竊聽器！伊莉蒂雅姊姊大人肯定在這裡設下了某種圈套，首先得揪出她的目的才行。」

露．艾爾茲宮，東廂房二樓——

鋪設的地毯雖然略顯陳舊，但不僅質地高級，還繡有幾何圖案；而走廊的角落也擺設著巨大的花瓶，彷彿美術館的迴廊一般。

「雖然知道這座宅子很大，但傭人的數量會不會太少了一點？我剛才在走廊上間晃了一陣子，但連一個人影都沒看到啊。」

「因為這裡是別墅啊。」

聽到陣的低喃後，走在前方的希絲蓓爾停下腳步回頭解釋：

「這座別墅是為了消除勤務壓力而設置的休息處，基於不與人相見較能放鬆的理由，這裡只安置了最低限度的人手。」

「就只有剛剛那五個人而已嗎？」

「是的。除此之外，就只有幾名園丁和廚師而已。就是在宅邸裡漫步，我想能撞見他們的機率恐怕也不高。」

帝國部隊能在宅邸裡自由參觀，也是相當古怪的經驗。

「然而，就如我事前說明那般，我會讓各位積極地撞見那些傭人們。請在她們的目光所及之處展開行動。」

希絲蓓爾壓低音量說道。

「人家只要隨便找些地方探險就好了嗎？」

「當然。既然是來度假的，在宅邸裡四處走動也是理所當然的。在我們順利找到東西之前，就有勞各位爭取時間了喔？」

聽到米司蜜絲隊長小聲詢問，希絲蓓爾再次於她的耳邊說道：

「那麼，接下來就如同我們事前規劃的那般，請各位在一樓做些惹人注目的行動吧。」

作戰開始。

陣、音音和米司蜜絲隊長默默地走下樓梯。而在目送他們的背影離去後，伊思卡和希絲蓓爾對看了一眼。

「那麼，我們走吧，伊思卡。」

目的地是宅邸的另一側。

與伊思卡等人留宿的東廂房遙遙相望的西廂房。

不過，屋內也沒設下什麼阻礙，只要走過中央走廊，就能抵達目的地。

……監視器或是竊聽器。

……表面上是請希絲蓓爾帶路，實際上則是不動聲色地搜索——

走廊的角落或是花瓶底部。

根據希絲蓓爾的推測，伊莉蒂雅有可能會在這些地方動手腳。

「我的房間也位於西廂房，請待日落後再由我帶路。」

「總覺得妳話中有話……」

「是你多心了。比起那些小事，還請你找出先前提及的那些東西。既然是帝國軍人，應該也受過那方面的訓練吧？」

「話是這麼說沒錯……」

他環顧起走道。

就伊思卡眼下所見，他沒看到類似的儀器，但要斷定完全不存在卻又過於困難。

……要是架設的竊聽器和監視器是帝國所沒有的款式，那可就麻煩了。

……連我也可能會漏看。

「真頭痛啊。我是打算從看似可疑的地方下手啦。」

他敲了敲走廊的牆壁。

接著走了幾步路，再次敲起了牆壁。

「你這是在做什麼啊？」

「如果牆壁有偷偷開洞的話，就能透過聲響找出大概的位置。」

首先能想到的手法，就是在牆上開洞架設竊聽器，並用薄隔板藏起儀器。若是帝國軍方的諜報部隊出馬，只需要半天時間就能完工了吧。

「還有就是地毯底下了。若是厚度僅有幾厘米的竊聽器，就不會那麼引人注意了。」

「……你有把握能找到嗎？」

「只要能目視或是踩到就能發現。但這得集中精神，會有點累。」

「真是太棒了！」

走在身旁的希絲蓓爾，像是機不可失似的握住他的左手。女孩軟綿綿的指尖，緊緊吸附住伊思卡的手指。

「真不愧是我的部下，真是值得信任呢！」

「我不是說讓我集中精神了嗎？還有我不是部下，只是保鏢……」

然而，最後卻一無所獲。

看過城堡門扉的機械化裝潢後，伊思卡原本以為宅邸裡也安裝了保全設置；但就他調查的結果，走廊上並沒有找到任何儀器。

……若真的有裝的話，會是集中在房間嗎？

……我的房裡沒有，而陣、音音和米司蜜絲隊長的房間也一樣。

「這間宅邸這麼大，想要進行地毯式搜索實在有點不切實際啊。看來只能在力所能及的範圍進行搜索，至於沒空搜索的地方就只能謹言慎行了。」

「是呀。若是這樣的話，我想請你進行搜索的地方就是……」

希絲蓓爾交抱雙臂，看向半空中稍作思忖。

「我先作個確認，若是我『隔壁』的房間，也可能會安裝那一類的機關嗎？」

「妳是指從隔壁房進行竊聽嗎？嗯，那還滿有可能的。」

值得慶幸的是，第九〇七部隊的房間都是彼此相鄰的。

伊思卡房間的隔壁是陣的房間，而陣早已將整間房間澈底搜查了一番。如此一來，剩下的疑點就是——

「我左右兩側的房間很可疑呢。我們前往三樓吧！」

希絲蓓爾蹬著階梯向上跑去。

那顯然不是給客人使用的房間，因為房門前方裝飾著一幅巨大的希絲蓓爾肖像畫。

「還真是一眼就能看出這裡是希絲蓓爾的房間呢。」

「這幅油畫是我的自畫像。是我兩年前畫的。」

「妳騙人的吧？」

「我哪裡騙人了？」

「咦……因為從精緻的程度來看，這顯然是找了專業級畫家繪製的油畫吧？」

即使身為軍人，伊思卡也對繪畫有一定的了解。

而希絲蓓爾在這幅自畫像所展露的用色和光影水準之高，甚至會讓伊思卡誤以為是出自名家之手。

「居然在兩年前就有這層水準，妳擁有很厲害的才華呢。」

「————」

扯、扯。

神情古怪的公主拉了拉伊思卡的袖子，將他帶到了數公尺遠的另一間房，並指向掛在門口的肖像畫。

「這是伊莉蒂雅姊姊大人的自畫像。」

「咦？這是照片吧……？」

是十四歲？還是十三歲？

不曉得是何時畫下的，不過畫像裡的伊莉蒂雅看起來比現在的希絲蓓爾更為年幼。

不僅每一根頭髮都仔細地描繪出來，甚至連汗毛都描繪得栩栩如生，是一幅超級寫實派的自畫像。

這真的是人類親筆繪製的畫像嗎？說是將高畫質的照片直接貼在畫布上還更能教人信服。

……真是神乎其技。

……究竟得用上多麼驚人的集中力和技術，才能完成這麼一幅自畫像啊？

伊莉蒂雅．露．涅比利斯九世。

擁有「星靈之外的一切」降生的第一公主，將一小部分的才華化為結晶展露在此。

「她似乎將房門上鎖了呢。」

在伊莉蒂雅的房間門口，希絲蓓爾試著輕輕推門，但裝飾得莊嚴十足的房門卻是文風不動。

「不過，這間房離我的房間較遠，要提防的應該還是愛麗絲姊姊大人的房間呢。」

「這裡連愛麗絲的房間也有？」

伊思卡下意識地回問一句，但仔細想想，這裡是現任女王家族的別墅，會有愛麗絲的房間也是理所當然的。

「在我房間的右手邊喔。」

兩人返回走廊，走向底側的房間。

雖然這間房前也裝飾了類似肖像畫的畫作，但在抬頭看去後，伊思卡不禁愕然地停下腳步。

「…………呃……」

「那是愛麗絲姊姊大人的自畫像，也同樣是在兩年前繪製的喔。」

「愛麗絲有三隻眼睛嗎？」

「不，就我的記憶，她似乎是覺得第一隻眼睛沒畫好，所以才會補上一隻呢。」

伊思卡仰頭看向肖像畫。

上頭描繪的並非那位可愛的金髮少女，而是……被看似兩歲左右的孩童隨筆塗鴉所畫下的類人生物。

「而且還有十條手臂。」

「那是頭髮的髮束喔。」

「嘴巴怎麼會裂到耳朵那邊去……」

「她表示那是想畫口紅，結果不小心畫過頭了。」

「……這樣啊，這是超現實主義派的表現手法。這不是在描寫愛麗絲的外貌，而是以融合心底的吶喊和理想的——」

「這不是什麼意境高超的畫作，單純只是她的繪畫技巧糟糕透頂罷了。」

站在身旁的希絲蓓爾無奈地苦笑。

「愛麗絲姊姊大人雖然喜歡藝術，但卻不具備創作的技巧，是所謂的美食家類型呢。這世上也有那種能嘗出百般滋味，卻對烹飪一竅不通的人不是嗎？」

「哦哦，妳這樣說還真有說服力……」

「先別提她的事了，我們進房看看吧。正好愛麗絲姊姊大人的房間目前沒人使用。」

希絲蓓爾招了招手。

她已經打開房門，踏入房間之中。

「話、話說，我也得進入愛麗絲的房間嗎……？」

「這不是當然的嗎？若不進入房間，豈不是沒辦法尋找監視器和竊聽器嗎？還是說……」

在愛麗絲房間的入口處。

有著粉金色頭髮的少女，直直地抬眼看了過來。

「你果然和愛麗絲姊姊大人有著不可告人的關係……」

「沒有沒有什麼都沒有！我和她在獨立國家阿薩米拉是第一次見面！」

「……也是呢。你是帝國的前任使徒聖，而愛麗絲姊姊大人則是皇廳的第二公主。立場敵對的兩位，應該不會做出什麼共謀之舉吧？」

「當、當然不會啦。」

「那不就沒問題了嗎？喏，伊思卡，進來吧。」

伊思卡被拉進了愛麗絲的私人房間。

他起先還以為會看到氣派奢華的裝潢，但實際上卻與一般客房差不了多少。雖說桌子和沙發等家具用的是可愛的顏色，但也成功地讓客廳營造出樸素的風格。

「我很少走進女孩子的房間，總覺得有些不習慣……」

「我倒想問，你之前進過哪些女生的房間呀？」

「就是音音和米司蜜絲隊長的房間啊。畢竟依照慣例，我每年都會去幫她們做年末大掃除。但這間房似乎完全沒有做大掃除的必要啊……」

房裡的擺設都是些書架、桌子和沙發等標準配置。

搜索竊聽器之類物品的行動似乎能輕鬆完成的樣子。

「若是以竊聽希絲蓓爾的房間為目的，那竊聽器應該會安裝在客廳的牆邊才是。」

隔著牆壁偷聽隔壁房間的聲音。

若是以此為目的，那儀器能設置的位置也相當有限。

「呃——總之得調查牆壁和天花板。對了，希絲蓓爾，時鐘的背面呢？說不定會有奇怪的儀器貼在那裡喔。」

「沒有呢，我完全找不到可疑的東西。」

「窗戶和窗簾的陰影處也沒有異常……一無所獲呢。是我想錯了嗎？」

「不對，這裡一定被動過手腳。這是我的直覺！」

希絲蓓爾將地毯翻起來大聲喊道：

「那個深謀遠慮的伊莉蒂雅大人將我們帶來這裡，肯定是有所圖謀！首先就該懷疑她安裝了監視器和竊聽器！」

「但就是找不到啊……」

「我們還有一些地方沒翻過，像是這裡！」

她跑向客廳的另一頭。

只見希絲蓓爾闖進愛麗絲的寢室。

「伊思卡，快點過來這裡！」

「那邊不是寢室嗎！」

「不管是寢室還是廁所都要搜！我若是下士之人，就肯定會在這裡動些手腳！」

希絲蓓爾跳上了姊姊(愛麗絲)寢室的床鋪。

她將打理整齊的枕頭和床單翻了個遍後，接著盯上位於房間角落的衣櫥。

「就是這個，不會錯的！我的直覺表示那個有問題！」

「……真、真的嗎？」

「請看好了，我一定會找到不得了的東西！」

她打開衣櫥——下一瞬間，希絲蓓爾瞪大眼睛。

「這、這是！想不到她居然藏了這等物品……！」

「希絲蓓爾，妳找到東西了嗎？」

「是呀。看來我似乎是開啟了禁忌之匣呢。請看這個！」

希絲蓓爾回過身子，她手上拿著的似乎是一條黑繩。

不對，那不是普通的繩子。雖然材質確實是薄得像細繩一般——

「好、好厲害……這種薄如蟬翼的內褲，我也是頭一次看見。」

「妳根本沒認真找吧！」

「這可是重大發現呀！」

第三公主高舉雙手，將那件內衣高高舉起。這是放在姊姊衣櫥裡的東西，換句話說，這肯定就是愛麗絲的所有物。

……原來愛麗絲也會穿這種內褲啊。

……不對，我是在想像什麼啊！

伊思卡雖然拚命搖頭，試圖把想像逐出腦海，身旁的希絲蓓爾卻沒停下搜索的動作。

「這塊布料像細繩一樣輕薄，而且還略具彈性，撫摸在手上的觸感更是上等。伊思卡，你對此物有什麼感想？」

「哇——！別拿著靠過來！為什麼要拿給我看啊！」

「這、這就是世人俗稱的『成人的階梯』嗎……」

希絲蓓爾呼吸紊亂，將視線牢牢釘在首次瞧見的成人世界上頭。

「這、這真是太不知羞恥了，想不到姊姊大人居然會暗藏這種東西。這是非常嚴重的狀況呢！得再多找一些出來！」

「竊聽器呢！」

「這是露家的危機……！唔，這個是！」

三女又從衣櫥的深處掏出一塊珍珠色的布料。

這回就連伊思卡也看得出來，那是一副胸罩。問題在於胸罩的布料，是通透得連希絲蓓爾的手指都清晰可見的材質。

不知為何，希絲蓓爾將這副胸罩抵在自己的胸口處。

「……唔！伊莉蒂雅姊姊大人姑且不論，想不到連愛麗絲姊姊大人也變得這麼豐滿……不、不過我也還在成長期呢！」

她在測量些什麼之後，像是感到苦惱似的咬緊下唇。

「總、總之，既然連如此可疑的東西都找到了……就代表這裡散發著陰謀的氣息！愛麗絲姊姊大人究竟在盤算些什麼呢！」

「這算哪門子的氣息啊！」

「伊思卡，把這個搜集起來。我要繼續搜索下去！」

「妳給我只會讓我徒增煩惱而已啊！」

他戰戰兢兢地接下從空中拋擲過來的兩件內衣。

雖然手指碰到了宛如羽翼般輕柔的觸感，但伊思卡閉緊雙眼，說什麼都不去直視。

……集中、集中！不對，錯了，不能集中精神！

……不能一直抓在手裡，得找個地方放才行。

「可以交給本小姐嗎？」

「我知道了！拿去！」

「……你好像緊抓著……本小姐的內衣呢……這摸起來真的有那麼舒服嗎？」

「妳、妳誤會了！因為這布料太柔軟了，我怕會抓不住——」

在喋喋不休地說到這裡之後。

伊思卡這才回過神來。

奇怪？自己剛才究竟是在和誰對話？

那是語氣平穩的可愛嗓音。然而那不只有可愛而已，其話語聲中也能感受到她所富含的堅強意志。

「……………」

他緩緩睜開眼睛。

只見——

挑起眉毛、肩膀發顫的金髮少女就站在眼前。雖然已將伊思卡交還的內衣藏到了身後，但她似乎還是感到十分害羞，臉頰染上了緋紅。

「咦？愛麗絲？」

「你在本小姐的房間裡做什麼啦——————！」

驚天動地的尖叫聲。

愛麗絲吶喊的音量之大，甚至讓玻璃窗震動了起來。聞聲回首的希絲蓓爾，也像是被結凍一般僵住身子。

「姊、姊姊大人？」

「希絲蓓爾————！」

「不要呀啊啊啊啊啊！」

次女（愛麗絲）以身為敵人的帝國軍都鮮少見過的凶狠樣貌，朝著三女（希絲蓓爾）直撲而去。只不過一轉眼的時間，她就將獵物追到了床鋪角落。

那靈敏的動作就像是捕鼠的貓兒一般。

「……妳看到了吧。」

「不要啊啊啊啊啊！請、請住手，請別把我做成冰雕……！對、對了，這一切全都是伊思卡在背後教唆我的！」

「妳別亂說話啊！」

姊姊以背對伊思卡的姿勢，朝妹妹步步進逼。

他實在不願想像愛麗絲此時臉上會是什麼表情。倒不如說，伊思卡實在很想現在立刻逃出這個房間。

「希絲蓓爾。」

「是、是的！姊姊大人！」

妹妹淚眼汪汪地抬眼看向姊姊。

「妳在這裡什麼都沒看見。沒看見本小姐基於好奇添購的成人世界。聽懂了沒？收在這個衣櫥裡的，只有端莊正經的高雅服飾喔。」

「……啊、啊嗚嗚……」

「回答呢？」

「遵命——————！」

「——還有，伊思卡，你應該也明白了吧！這件事絕對禁止洩露！」

「我、我知道了……」

「那就好。就當作這件事沒有任何目擊者吧。」

呼——愛麗絲擦去額頭上的汗水。

就在這時，抱著行李箱的燐跟在第二公主之後現身。

「我說愛麗絲大人，請別跑得這麼慌張呀……真是的，這不是害小的得花更多力氣才能追上您了嗎？唔，帝國劍士！」

「不用理會他沒關係。重要的是，我們得去找伊莉蒂雅姊姊大人了。她肯定待在這間宅邸的某處。」

愛麗絲做起深呼吸，緩緩調息。

但過沒多久，她馬上轉頭看向妹妹。

「希絲蓓爾，我們要回王宮了。不僅女王在擔心妳，也有重要的工作在等著妳去做呢。」

「…………」

「希絲蓓爾？」

「……我辦不到。」

妹妹像是在嘔血似的，從喉嚨擠出話語。

「我聘用了帝國部隊作為護衛——我迄今都不覺得這麼做是錯的，畢竟我甚至受到了休朵拉家的碧索沃茲襲擊……我很清楚，以毒攻毒才是唯一的答案。」

「這點本小姐也知道，也曉得之後發生的事。」

這麼回應的愛麗絲一臉嚴肅。

「伊莉蒂雅姊姊大人握住妳的把柄，將妳強行帶往別墅的來龍去脈，都被燐看在眼裡，而女王也知曉此事。所以本小姐來到此地的任務有二，一是確保第三公主（妳）的人身安全，二是將第一公主（姊姊大人）帶回王宮。」

「…………」

「我要立刻請伊莉蒂雅姊姊大人返回王宮，而妳則是由我貼身保護。」

「——哎呀，那可真教人頭痛呢。」

喀嚓。

門把輕輕轉開，又有一道人影輕手輕腳地踏入愛麗絲的寢室。

「打擾到你們了呢。」

公主露出不帶一絲傲氣的微笑。

翡翠色頭髮的美女在依序看過愛麗絲、希絲蓓爾、燐和伊思卡之後，動作誇張地紅著臉龐輕呼了一聲。

「四名年輕的少男少女，居然擠在這麼一間寢室裡？真是好不浪漫呢。」

「姊姊大人，請別裝蒜了。」

在長女做出抵著臉頰的反應後，愛麗絲隨即轉過身子，直直地瞪了過去。

她以斬釘截鐵的語氣開口說：

「請立刻返回王宮吧，這是女王下達的命令。」

「哎呀？妳不問我為何要將希絲蓓爾帶來這裡嗎？」

「那會由女王親自審問，與本小姐無關。」

不參雜一絲無謂的互動。

愛麗絲像是在這麼宣示似的，向前跨出一步。

「好了，和我一起返回王宮吧，姊姊大人！」

「好呀。」

「這樣啊，若您不打算回去的話，本小姐也有打算…………咦？」

「好呀，我們回去吧，愛麗絲。」

「呃……咦？」

愛麗絲眨了眨眼。

自己明明擺出了氣勢洶洶的架子，但對方卻過於順從，反而讓她有種撲了個空的感覺。

「不過呢。」

伊莉蒂雅淘氣地伸手指向愛麗絲的鼻尖。

「我要等明天再回去。畢竟廚師們已經在準備晚餐了，而且明天早上的食材也買齊了，而可愛的傭人們更是費心將房間打掃乾淨，要是讓她們的苦心白費，豈不是太掃興了嗎？」

「……您說明天嗎？」

「是呀，我賭上自己的尊嚴發誓，一到明天早上，我就會返回王宮。這樣可以嗎？」

愛麗絲皺起眉頭稍作思考。

而燐則是先頷首行禮，隨即代替沉默的主人發言：

「伊莉蒂雅大人，請恕小的僭越。」

「怎麼了嗎？」

「您剛才的說法，並沒有提及希絲蓓爾大人。敢問伊莉蒂雅大人返回王宮的時候，希絲蓓爾大人是否也將一併同行？」

「不，因為這麼做有違約定喔。」

美麗的長女緩緩地搖了搖頭。

「希絲蓓爾和我之間作過約定了……對吧，希絲蓓爾？」

「…………是的。」

希絲蓓爾垂頭回應，就這麼呆站在地。

她們約好了十天的期限。

倘若希絲蓓爾在這段期間返回王宮，伊莉蒂雅就會揭發她與帝國部隊的勾結關係。

……但我不懂。

……第一公主為什麼要特地將這個妹妹囚禁在這座宅邸之中？

找不到竊聽器和監視器的蹤跡。

伊莉蒂雅如此拘泥這座宅邸，其中必有緣由。首先能想到的，就是她打算再次派魔女碧索沃茲那樣的刺客襲擊。

……不對，這樣的可能性已經變得很低了。因為現在有愛麗絲在場。

……敢向愛麗絲正面對決的刺客，就只有被倒打一頓的下場。

伊思卡也因此感到不太對勁。

這位第一公主到底打算把希絲蓓爾困在這裡做什麼？

「愛麗絲，妳去聯繫王宮，說我明天就會回去；至於妳則是在這之後，將繼續陪在希絲蓓爾的身邊。」

「……我明白了。燐，將我的通訊機拿來。」

愛麗絲從燐的手裡接過通訊機。

而就在這個時候──

「對了，愛麗絲，與女王結束通訊後，就來迎賓室一趟吧。」

「嗯？現在距離晚餐不是還有一段時間嗎？」

「不是要用餐喔。妳今天也要在這裡留宿吧？既然如此，就有件要緊事得完成才行呢。」

長女伊莉蒂雅對愛麗絲送了個秋波。

「妳還沒做過自我介紹吧？」

3

露．艾爾茲宮，迎賓室「餘暉居」──

第九〇七部隊被叫到這間晚餐的用餐場地。雖說出面接待的是伊莉蒂雅，但也能看到匆匆到場的愛麗絲在旁。

「我向各位介紹，這是舍妹愛麗絲莉潔，各位請叫她愛麗絲。」

「本……本小姐是次女愛麗絲莉潔，『初次見面』……」

這自我介紹的內容實在是讓人感到渾身不自在。

然而這也是無可奈何。畢竟伊思卡就在愛麗絲的眼前，而他的身旁也坐著知曉彼此底細的米司蜜絲隊長。

「關於我妹妹愛麗絲，平時都在中立都市擔任經紀人，管理著眾多知名的偶像呢。還請各位多多指教。」

「……姊姊大人？那個，本小姐並沒有做那種工作……」

「但那只是表面上的身分。每逢假日，她便會親自上陣，一舉變身為少女流行雜誌的神祕美少女模特兒，其粉絲有十萬人之多呢。」

「姊姊大人！」

愛麗絲慌慌張張地打斷姊姊。

雖然就旁人看來，這是一幅姊妹嬉鬧的溫馨光景，然而看不出這些到底是不是伊莉蒂雅的真心話。

而伊思卡更擔憂的，則是部隊同伴們的反應。

……陣應該是第一次和愛麗絲見面。

……音音雖然莫名歪起脖子，但這應該也是她首次與愛麗絲直接碰面。

然後是米司蜜絲隊長。她肯定作夢也想不到，會在這種地方再次與帝國軍最大的威脅——冰禍魔女相會吧。

一如預期。

「奇怪？人家好像在哪裡見…………啊、啊啊啊啊啊！」

在看到愛麗絲的臉孔後，米司蜜絲隊長先是輕噫一聲，隨即在傭人們的面前伸出手，用力指向愛麗絲。

「妳、妳就是冰禍──────」

「喔，請恕小的失禮。」

「呀啊！」

身後的燐見機出手，將米司蜜絲隊長一舉打暈。

「客人，您似乎累了呢。尤米莉夏、娜彌，把這位客人帶回房間吧。」

「……唔、唔嗯……」

米司蜜絲隊長就這麼被帶離現場。

──帝國劍士，要感謝我反應機警啊。

燐使了個眼色。

愛麗絲莉潔的外號「冰禍魔女」乃是帝國方的蔑稱。就算只是反射性動作，在這座別墅說出那個詞彙仍會惹出大麻煩。

就算愛麗絲本人按捺得住，露家的傭人和廚師們恐怕也會發難吧。

「喂，伊思卡，我們家的隊長是不是差點說什麼怪話？」

「……我也是這麼覺得，但應該不重要吧。」

他隨口敷衍陣的悄悄話。

而就在伊思卡的側眼瞥視下——

「哎呀，感覺好好玩，讓我心跳不已呢。」

長女伊莉蒂雅像是感到滿足似的拍了拍手。

「我們三姊妹竟然有機會在同一個屋簷下留宿，真是教人開心呢。」

4

大澡堂——

此時充斥著芬芳的白色蒸氣。

帶著少許濁色的熱水，正注入足以容納十餘人的大型浴池。

各種顏色的花瓣和香草漂浮在水面上。

這些都是從別墅中庭現摘的花草。而這些花草的香氣巧妙地與入浴劑結合在一起，光是置身此處，就能讓人澈底放鬆。

……理應是這樣才對。

在緊鄰大澡堂的脫衣處——

「妳打算綁架人家嗎！快、快來救我呀！阿伊、阿陣！」

「沒用的，這裡是女用浴池，那幾個男人就算是昏了頭也不會跑進來的。」

「那、那音音小妹救我！」

「那名部下因為晚餐吃太多，已經回房就寢了。」

「音音小妹————！」

米司蜜絲被帶到了脫衣處。

而希絲蓓爾和燐則是一左一右地包夾她。

「妳們打算對人家做什麼！」

「總之先閉嘴，不准吵鬧。只要答應我等的要求，我方就沒有加害妳的打算。」

燐緊抓著米司蜜絲的肩膀不放。

「妳、妳說要求是指？」

「很簡單。妳知道愛麗絲大人的身分是公主吧？我要妳不准向部下透露此事——當然，其他的帝國軍人也不例外。」

「……妳是指阿陣和音音小妹？」

「就是如此。我不希望讓帝國軍方知曉愛麗絲大人的長相，這很合理吧？」

冰禍魔女在戰場上會以面紗遮住臉孔，是神祕的存在。

雖說帝國軍方也捕捉到了「金髮少女」這樣的外貌特徵，但無論是她的真面目，或是現任女王之女的身分，都仍是未能掌握的範疇。

「知曉愛麗絲大人底細的，就只有妳和伊思卡而已。我不能再增添更多目擊者了。」

「那、那妳打算怎麼對阿伊……」

「我也會對那個劍士下封口令。總之妳看起來就是最容易說溜嘴的那一個，所以我就來防範未然了。這樣做應該可以吧，希絲蓓爾大人？」

「是呀。妳應該會答應吧，隊長？」

希絲蓓爾交抱雙臂說道：

「而妳應該也發現了，我也是涅比利斯的公主，而此事也要麻煩妳不得聲張。妳一旦洩漏此事，我很快就能有所察覺，因為我的星靈能讓祕密無所遁形。」

「……咦？」

「這應該沒什麼好驚訝的吧？妳不是早就知曉我星靈的力量了嗎？」

「人、人家不是說這個！」

被燐抓住的米司蜜絲連忙否認，她看向站在燐身旁的希絲蓓爾，從頭到腳打量了一番。

「請、請問……」

「有什麼事嗎？」

「……妳說公主，指的該不會是涅比利斯皇廳的公主吧？」

「怎麼現在才在說這個？妳應該早就發現了吧？」

希絲蓓爾攏了一下粉金色的長髮，看似無奈地嘆了口氣。

「愛麗絲姊姊大人是涅比利斯皇廳的第二公主，她有著冰禍魔女這個外號，是帝國軍方聞風喪膽的純血種。我以『姊姊大人』稱呼她，所以我就是她的妹妹。因此，我是涅比利斯皇廳的第三公主一事當然——」

「居然是這樣嗎！」

「……我以為這是簡單明瞭的事實，看來是我想錯了呢。」

「那麼，那個叫伊莉蒂雅的大美女……難道就是第一公主？」

「妳也太晚察覺了吧！」

希絲蓓爾大喊道。

而身旁的燐則是重重地嘆了一口氣。對於米司蜜絲過於遲鈍的判斷能力，讓她倆也不禁亂了步調。

「總、總之妳明白了吧！我的身分要保密！」

「好、好滴——！」

在蒸氣裊裊的大澡堂裡。

米司蜜絲和第三公主希絲蓓爾，就這麼締結了只屬於女人之間的承諾。

‖

萬里無雲的黑色天空。

能看到滿天繁星如低喃般群起閃爍的景象，是因為這裡是星靈使之國中心地帶的關係嗎？

……我已經看習慣帝都的夜空了。

……在獨立國家阿薩米拉沙漠夜晚的星空雖然也相當美麗。

但從這座別墅三樓所看到的夜空，卻會讓人產生星星「離地面很近」的錯覺。其星光之耀眼，甚至會以為那是星靈之光在天空閃爍。

「是的。本小姐不會有事，妳就跟在希絲蓓爾的身邊吧。她洗澡的時候也要貼身保護，以她的安全為第一要務。」

就在手抵著玻璃窗的伊思卡身後。

第二公主——亦即這間房間的主人，手裡正緊緊握著通訊機。她在長嘆一口氣的同時，在沙發上坐了下來。

「燐似乎陪那孩子進澡堂了。」

「……妳果然很惦記妹妹啊？還真不曉得在這間別墅會發生什麼事。」

「早就已經出事了啦。」

伊思卡凝視著眼前的玻璃窗。

而映照在窗上的愛麗絲，此時正深坐在沙發上，露出意味深長的眼神抬眼看向伊思卡。

「本小姐的別墅裡住進了四名帝國軍人，而且還是以賓客而非俘虜的身分入住，這都算不上大事的話，還有什麼能算？」

「我希望妳能找妳姊姊抱怨這件事。」

「唔！是、是這樣沒錯啦！但陪本小姐商量也沒關係吧！」

「……要我陪妳商量嗎……」

一開始就直說不就得了嗎？

伊思卡在內心這麼低喃後，轉身看向愛麗絲。

雖然獨處的狀況讓他險些放下心房，但這裡可是敵國的中心地帶，而己方不僅孤立無援，就連武器都被沒收了。

「但我是帝國士兵，感覺很難幫上妳的忙啊。」

「那就姑且聽聽本小姐自言自語吧……我實在不懂，為什麼伊莉蒂雅姊姊大人要把希絲蓓爾帶到這種地方？」

金髮少女垂下豔麗的睫毛。

「你應該也明白吧？在這座別墅待上十天？這根本無法改變任何事，也不會有任何人得到好處，只會加深姊姊大人的嫌疑呀。實際上，女王已經在懷疑姊姊大人了，這麼做豈不是只會徒增家人之間的裂痕嗎？」

「————」

「真是無法理解。所以本小姐希望能快點了結這件事。要是懸著的心沒辦法放下，就沒辦法專注在與你的決鬥上了——」

她仰起臉龐，以偌大的眼眸凝視著自己。

——在戰場上分出高下吧。

這明明是以敵人的身分發出的宣戰公告。

但如此訴說的雙眸卻莫名散發著熱意，而且看起來也極為美麗。

「姊姊大人明天早上就要返回王宮了，但是希絲蓓爾還得在這裡滯留十天……她是這麼威脅你們的吧？」

「……是啊。」

「本小姐也會留在別墅中。雖然表面上的理由是守護妹妹，但我還有其他考量。因為對象是你的關係，本小姐才願意開誠布公喔。」

「是為了監視我們的動向吧？我能理解。」

這座別墅裡並沒有進駐星靈使作為警衛。

所以愛麗絲得留在這裡，以防在他們鬧事時有辦法進行反制。

「我話先說在前頭，我們可沒打算在敵地（這裡）滋事的意思。」

「這是當然的了。你要是敢在這個國家引發騷動，本小姐可不會手下留情。應該說，身為公主的我也沒辦法手下留情呢。」

愛麗絲從沙發上起身。

她來到窗邊，站到了伊思卡身旁。

「所以和本小姐作個約定，絕對不要在『我的國家』引發麻煩，也不要逃出這座宅邸。因為本小姐不想和你打上一場無聊的戰鬥。」

「…………」

「有什麼不滿嗎？」

「啊，不，不是啦。」

妳（愛麗絲）將皇廳（這個國家）稱為「我的國家」。

這樣的用字遣詞莫名地讓人感到著迷。但如此開口的愛麗絲本人講得有些心不在焉，也許是在無意中說出口的吧。

「愛麗絲，妳剛才——」

「愛麗絲大人。」

門口傳來了敲門聲。

是傭人少女的聲音嗎？有所察覺的愛麗絲連忙後退，和伊思卡拉開了距離。

「有、有什麼事嗎？」

「敢問賓客伊思卡大人是否在此？伊莉蒂雅大人有令，要小的帶他前去會面。」

「……姊姊大人邀他過去？」

愛麗絲的低喃應該沒有傳到房門的另一側才是。

「……她是怎麼鎖定伊思卡的所在位置的？」

「愛麗絲大人？」

「我知道了，我這就讓他過去。」

側眼看向伊思卡的愛麗絲，默默地伸手指向房門。

「伊思卡。」

「怎麼了？」

「別對姊姊大人敞開心房。因為……你是只屬於本小姐的勁敵。」

在被這句話從背後推了一把後，伊思卡離開房間。

身穿傭人服飾的少女向他微微地行了一禮。

「請跟我來。」

長女伊莉蒂雅的房間位於走廊最外側的位置。

在肖像畫──繪有讓人印象深刻的翡翠色頭髮美少女的裝飾處，房門緩緩開啟。

「請進。」

如此簡短交待後，傭人少女隨即離去。

……只是因為收到命令叫我過來，才願意跑這麼一趟。

……還有就是不想看到我的臉吧？還真是淺顯易懂的反應。

這也是理所當然的態度。

就伊思卡看來，除了交情特殊的愛麗絲和希絲蓓爾之外，在面對帝國軍的士兵時，皇廳國民能擺出這樣的態度就算是最大限度的忍讓了。

「……我是伊思卡。聽說您有事找我，因此前來打擾了。」

「請進。」

明亮的客廳傳來了嬌豔的嗓聲。

他走向被吊燈照得通明的房間。展露在眼前的客廳，鋪設了讓人聯想到綠色草坪的地毯。

「歡迎您的到來。」

兩張單人沙發置放在客廳中央，呈現對坐的擺設。

而涅比利斯皇廳的第一公主則是站在沙發旁邊，露出了甜美的微笑。

——以穿著浴袍的姿態。

開得極低的領口處，可以窺見比愛麗絲更為豐滿的胸口。由於浴袍的下襬僅到大腿根部，因此也能看見雪白通透的美麗雙腿。

「哎呀，真是抱歉，我才剛洗完澡呢。」

對於伊思卡反射性地撇開目光的反應，宛如美麗化身的魔女反而樂不可支地露出笑容。

「但我很開心呢。即使面對像我這樣的魔女，您也還是將我當成女人來看待呢。您這樣臉紅的反應，反而讓我有種受到尊重的舒暢感呢。」

「……妳穿成這樣，是為了要試探我的人品嗎？」

「唔嗯——該怎麼說呢？我確實是在洗澡時泡得有點久，但這沒什麼特殊的含意喔。說穿了，就只是我喜歡穿浴袍罷了。」

她在沙發上就座——

而在她的視線催促下，伊思卡也坐到了沙發上。面對而坐的他努力將目光撇開，不去直視伊莉蒂雅的胸口和幾乎要走光的大腿。

「呵呵，您的反應真的很可愛呢。」

三姊妹的長女看著自己的反應，似乎愈來愈開心了。

「在我造訪帝都的時候，前來迎接的人都不是這麼看我的呢。」

「妳去過帝都？」

「我不是說過了嗎？我曾經有過以雙面諜的身分和帝國司令部往來的時期呀，就是那個時候的事。」

「……妳居然沒被軍方抓起來嗎？」

「因為我有隱瞞身分呀。要是被對方知道我是個繼承了始祖大人血統的魔女，再怎麼說也回不了母國吧？但現在回想起來，那也是挺不錯的回憶呢。」

伊莉蒂雅蹺起腿，並將手交握在膝蓋上。

兩張沙發相距不到一公尺遠，而魔女就待在伸手可觸的位置。

「您很在意沒有護衛和隨從同行、獨自接待您的我嗎？」

她筆直地投來目光。

「畢竟您先是盯著我看，隨即便四下打量，像是在尋找些什麼東西似的。」

「……老實說，妳說得沒錯。」

「誠實是一種美德呢。為了回應您的美德，我也誠實地回答『沒有其他人在』吧。我本人並沒有像是燐或是修鈸茲那樣的護衛隨行。」

明明是王族？

就算生活起居不需要隨從照料，不過以公主這樣的身分來說，實在有些難以想像沒有任何護衛陪伴。

……是因為我是帝國人，所以打算誆騙我嗎？

……畢竟就連「那個」愛麗絲都有燐這個護衛隨行啊。

連能獨力摧毀帝國軍方基地的冰禍魔女也不例外。

以伊莉蒂雅的星靈性質來說，理當更需要有護衛陪伴才是。對上沒有戰鬥經驗的魔女，伊思卡即使赤手空拳也有辦法撂倒對方。

然而，她卻表現得如此老神在在，其中原因究竟為何？

「我若說懷抱著與希絲蓓爾相近的心境，您能夠明白嗎？」

「……妳的意思是？」

「我正在尋求擁有共同理想的同志，但皇廳裡卻遍尋不著願意與我齊心作戰的部下。所以我才會邀您來到這裡，前使徒聖伊思卡。」

「邀我？」

不是基於「希絲蓓爾的帝國部隊保鏢」這層身分，而是單純的個人？

「要不要成為我的部下（東西）呢？這就是今天的主題喔。」

伊莉蒂雅吁了一口氣，接著伸了伸懶腰。

豐滿的胸部雖然將浴袍高高撐起，但這肯定是貌美的魔女精心計算過的動作。而她在伸懶腰時所發出的悶哼聲，也充斥著讓聽者無一不心醉的豔麗音色。

「您意下如何？」

「……我不懂妳的意思。妳說在皇廳沒有部下？」

換作是希絲蓓爾的狀況，他倒還能理解。

她打算揪出目前政權底下的背叛者，但因為無法鎖定背叛者的身分，所以選擇了不敢隨意拉攏部下的路線。

「就連身為帝國人的我也知道，皇廳存在許多強大的星靈使。若是想招募部下，應當有許多人才供妳挑選才是。」

「但我打算摧毀皇廳呀。」

「…………什麼？」

「我呀，打算將現在的皇廳摧毀殆盡，將國家的根基連根拔起。」

魔女的臉頰冒出了紅暈。

因為興奮的關係。

那晃蕩的雙眸——說明她正想像著未來的光景而喜悅不已。

「對於身為帝國人的您來說，這豈不是一拍即合的條件嗎？讓我們一起毀掉皇廳吧？我會與您齊心協力的。」

「————」

伊思卡說不出話來。這名公主究竟在說些什麼？

滑過伊思卡臉頰的汗水，並不是因為動搖或是困惑的關係，而是基於純粹的戰慄。

……雖然愛麗絲和希絲蓓爾的想法不同，但她們都為了當上這個國家的女王而努力。

……因為她們深愛著這個國家，所以願意悉心守護。

但這位伊莉蒂雅，卻是反其道而行？

這位異端「魔女」不僅不打算當上女王，還企圖摧毀國家。

「這究竟是為何——」

「若願意當我的部下，我就告訴您真正的理由吧……啊啊，光是想像就讓人沉醉不已。我好想早點、儘快、刻不容緩地把『體制無聊透頂』的這個國家摧毀殆盡呢。」

「……希絲蓓爾也在這裡。」

伊思卡乾燥的嘴唇勉強擠出這句話來。

「她能重播剛才的這段對話，要是傳入女王耳裡——」

「————開玩笑的。」

「咦？」

「我只是在說笑呢。身為第一公主的我，豈有可能冒出這種大不敬的念頭？就是被希絲蓓爾知道，對我來說也是不痛不癢呢。」

伊莉蒂雅又換了個聲調。

假如一瞬之前像是長滿棘刺的玫瑰，那現在的語氣就宛如康乃馨一般柔和。無論從何種角度觀望，都顯得美麗且惹人憐愛。

聽到那樣的話語聲，任誰都無法對她起疑。

「我將您叫來，是基於純粹的好奇心喔。我可沒想到在一年前，居然有個使徒聖會協助魔女逃獄呢。我一直很想和您單獨聊聊這件事。」

「……妳居然連這段經歷都調查過了。」

「我曾聽說帝國軍裡有個怪胎，外號是『厭惡戰鬥的戰鬥狂』。那是一名企圖活捉純血種，強行逼迫皇廳談和的使徒聖末席。」

「唔！『是誰說的』！」

宛如被雷劈到的衝擊，讓伊思卡站起身子。

……我在這方面的目的，只有極少數的人知情。

……除了第九〇七部隊的同伴之外，就只在晉升使徒聖的時候提到過而已。

即使是在帝國司令部內，知曉伊思卡內心打算的也屈指可數。

是使徒聖？還是八大使徒？

是誰洩漏了這件事？這名公主究竟曾和帝國的誰搭上線？

這時——

鈴鈴鈴鈴鈴鈴鈴……

從某處傳來了手鈴的演奏聲。鈴聲從走廊延伸至房間，浸染了整座宅邸。

「晚上十一點，是打烊的時間了呢。宅邸的傭人們也即將結束工作，接下來就請回房間，享受就寢前的寧靜時光吧。」

「……」

「您明白了嗎？」

「……也就是今天的對談就此結束的意思？」

伊思卡已經探出身子，打算問個究竟，不過氣勢卻先被對方給磨耗殆盡。

這報時的時間點之準確，已經到了神機妙算的地步。

……就只有我想問的問題被對方用「時間結束」這一招擋掉了。

……如果這也是經過設計的行動，那她究竟狡詐到何種地步？

被擺了一道。

伊思卡像是要表示這般心情似的嘆了口氣。

「您能明白真是再好不過。噢，雖然今晚的對談就此告一段落，但希望還有機會與您再次聊聊。下次嘛……對了，就聊聊您當使徒聖的經歷吧？」

「……妳以為身為帝國人的我，會向妳透露帝國軍的最高機密嗎？」

「十一名使徒聖之中，有兩位是使劍的。這兩位分別是第十一席的伊思卡，以及第一席的約海姆——這點資訊我還是曉得的呢。」

她以可愛的語氣說著。

同時妖豔地伸出手指，輕輕撫摸浮現汗水的通紅胸口。

「我想知道您和第一席（約海姆）之中，哪一個比較厲害呢。」

「…………」

「我真的好有興趣呀。畢竟在帝國古老的歷史之中，也存在過貴族們派出麾下的劍士，在競技場一較高下的文化不是嗎？」

「但我一點興趣也沒有。」

「哎呀？這是為什麼呢？」

「我是專剋星靈使的類型，基本上沒受過對付人類的訓練。若真的要上場比劃，我頂多也只能撐過第一回合，到了第二回合就會落至下風，而第三回合便會敗北。」

伊莉蒂雅沒有回話。

她既沒有出聲斥罵，也沒有發出冷笑聲，就只是露出淺淺的一層微笑。伊思卡在看過她的反應後，隨即調轉腳步。

「恕我失陪了。」

「哎呀，請留步。您這是要去哪裡呢？」

「咦？」

「我剛才不是說得很清楚了嗎？現在是就寢的時間了。喏，請跟我來。」

站起身子的第一公主，打開了客廳底側的房門。

——那扇門通往寢室。

房間裡設置了能容納好幾個人共寢的大型床鋪。曬過陽光的床鋪相當潔淨，而且沒有一絲的皺摺。

「我的床鋪寬敞得很，就是讓兩人同時就寢，也依然顯得寬敞呢。」

「……呃，這是什麼意思？」

「現在的您並非希絲蓓爾的保鏢，而是我的客人。而一如我先前所言，我的身旁並無護衛，如此一來，到了晚上自然會感到不安吧？」

「……喔、喔。」

伊思卡被她勾人心魄的眼神瞟了一眼，不禁後退了一步。

那樣的眼神雖然極為美麗，但掠過伊思卡腦海的，卻是肉食動物盯上獵物的目光。

「所以說，您若是願意陪睡，我可是會感到很開心的。」

「陪睡！」

他不禁複誦了一遍。

伊思卡雖然想像不出具體的陪睡形式為何，但他腦內的警鈴驀地大作，讓他莫名理解到這是絕對不被允許的行為。

「我辦不到！應該說，我可是一名帝國軍人啊！」

「呵呵，就連吃驚的模樣也很可愛呢。強大到被稱為使徒聖的男士，居然會慌張到這種地步，可真是教我愈來愈感興趣了呢。」

伊莉蒂雅舉步向前，緩緩走近退到房間角落的伊思卡。

就在她纖細的手指伸向伊思卡臉頰的時候——

「來吧，伊思卡——」

「您在做什麼啊，姊姊大人————————！」

「哎呀，希絲蓓爾？」

「呼、呼……真是千鈞一髮。我一直找不到伊思卡，想說為防萬一透過星靈進行追蹤，想不到……伊思卡，請你儘管放心吧。」

三女希絲蓓爾一腳踹開了長女伊莉蒂雅的房門。

她手裡拿著疑似主鑰匙的小型鑰匙。也許是即將就寢的關係吧，如今的她身穿可愛的淡粉紅色睡衣。

「……伊莉蒂雅姊姊大人，您還真有一手呀。」

「哎呀？妳指的是哪方面呢？」

「首先，請您先把那身和半裸無異的打扮遮一遮吧。喏，那邊的衣櫥裡不是放著您的換洗衣物嗎？」

「咦～可是今天很熱呢，而且我的身子也燥熱得很呀。」

「快、換、上！」

「……我知道了啦。別用那種恐怖的眼神瞪我嘛。」

伊莉蒂雅被妹妹殺氣騰騰的神情逼退，不情不願地前往隔壁房間準備更衣，但希絲蓓爾還不打算就此作罷。

「我很明白姊姊大人的盤算，您打算搶走『我的伊思卡』，藉以撼動我的內心吧？」

「哎呀，妳誤解了兩件事呢。」

伊莉蒂雅換上了睡衣。

與希絲蓓爾鬆垮垮的睡衣不同，她身上穿的是能凸顯出女性線條的高級睡衣。

「我可沒有玩弄可愛妹妹的心思。」

「……那另一個呢？」

「希絲蓓爾，妳仔細聽好了。他現在是我邀來的客人，換句話說，伊思卡就等同是我的所有物（東西）不是嗎？」

「這話可不能充耳不聞！伊思卡是我聘僱的護衛，換句話說——」

希絲蓓爾再次高聲吼道。

她直盯著姊姊伊莉蒂雅，手指著站在後方的伊思卡。

「我有和伊思卡依偎共寢的權利！」

「沒有吧！」

「您明白了嗎，姊姊大人？您若聽明白的話，我就要將伊思卡帶回我的寢室了。」

「妳可真是風趣呢，希絲蓓爾。依偎共寢是我獨享的權利喔。」

「不對，那我的立場呢！妳們兩位應該要先問過我的意見吧！」

沒人理會他。

不對，是這句話傳不進她們的耳裡。

魔女樂園的公主們已將伊思卡晾在一邊，用眼神擦出激烈的火花。

三女希絲蓓爾露出了可愛的虎牙。

長女伊莉蒂雅則是露出傲然的笑容俯視對方。

「呵……希絲蓓爾，妳居然成長到敢頂撞我了，身為姊姊，似乎還是得先誇誇妳才是。」

「姊姊大人？」

「不過希絲蓓爾，妳仍有不足之處呢。」

伊莉蒂雅展開行動。

她掠過了希絲蓓爾的身側，站到伊思卡的面前。

「伊思卡。」

她的眼眸溼潤，以雙手緊緊抓住了自己的手。

「我有事想問您呢。」

「妳、妳找我還有什麼事嗎……」

「在沒有護衛相伴的情況下，要我一個人待在這座宅邸過夜，實在讓我好怕好怕……喏，請聽，我的心跳已經跳得如此劇烈了呢。」

她抓著自己的手一扯。

伊思卡還來不及判斷伊莉蒂雅的意圖，手掌就被按在她的胸部上頭。

「請聽聽我心臟的跳動，我就是如此懼怕呢。」

「妳、妳在做什麼！」

觸感柔軟得像是在觸碰高級的棉花。

不僅如此，雄偉的雙峰還帶來了沉甸甸的重量，而且傳遞過來的體溫，更是讓伊思卡說不出話來。

突如其來的衝擊，讓他的腦袋跟不上思考，變成一片空白。

「那……那個，呃……」

「怎麼樣呢？您可有感受到我怦怦跳的心臟呢？」

「哪可能感受得到呀——————！」

希絲蓓爾衝撞上來。

她將姊姊緊握伊思卡手掌的那隻手用力甩開。

「什、什麼叫『我的不足之處』呀！雖然我還有成長的空間，但說到底還是姊姊大人的那個太過雄偉的關係！」

「看清楚了，希絲蓓爾，這就是身為公主所需要的包容力。」

「您、您說包容力？」

「進一步來說，這也是一種信任的象徵，能向對方傳達『我已委身於你』的意思。」

「……唔！可、可是這樣做果然是不對的！我不能將伊思卡交給您！」

希絲蓓爾抓住了伊思卡的另一隻手按向自己。

他就這麼被魔女姊妹一左一右地按住兩人的胸口。

「給本小姐等一下————！」

三姊妹的最後一名成員。

次女愛麗絲莉潔的喊聲，響徹了入夜的客廳。

「我是聽到有人吵嚷，所以才過來一探究竟……姊、姊、姊姊大人……您抓住伊思卡是想做什麼呀！還有希絲蓓爾也一樣！」

「愛麗絲姊姊大人！」

「哎呀，真是的，希絲蓓爾，妳怎麼沒把房門關上呢？這下可吵到走廊上了呢。」

希絲蓓爾驚慌地身子一僵。伊莉蒂雅則別說感到厭惡，更像是對這樣的情況樂在其中。

愛麗絲瞪著這對姊妹，邁開大步走了過來。她似乎也正打算就寢，因此僅在睡衣外頭罩了一件睡袍。

「希絲蓓爾，這到底是怎麼一回事？」

「嗚……居然被您發現了。不過，這件事絕不容愛麗絲姊姊大人插手！」

排行最小的魔女依然不願放開伊思卡的手掌。

「我聽說這名帝國士兵和姊姊大人毫無瓜葛，既然如此，那我不管要做些什麼，您都沒有插嘴的權利。」

「……唔！」

愛麗絲雖然被戳到了痛處，但她隨即做了個深呼吸平復心情。

「就算毫無瓜葛，他仍是一名帝國士兵。既然此人是皇廳之敵，那本小姐就有糾正妳所作所為的權利吧？希絲蓓爾，還有伊莉蒂雅姊姊大人，請回答我。」

「是要他陪睡喔。」

「是要他陪睡呢。」

「………………陪睡？」

愛麗絲愣愣地睜大雙眼。

姊妹所說出的詞彙實在是過於震撼，愛麗絲肯定有那麼一瞬間失去了正常的理性。

「──陪、陪睡？妳、妳妳妳妳、妳們在胡說什麼呀！」

「我是很認真的呢。」

希絲蓓爾握著伊思卡的手不放。

「和隨從分開的我，只能提心吊膽地度過夜晚，而伊思卡為了我，親口承諾說要陪我睡覺。真不愧是我得意的部下！」

「我說過我不是妳的部下了吧！」

「哎呀，希絲蓓爾，妳這次誤會可大了喔。」

至於站在另一側握住另一隻手的人，則是長女伊莉蒂雅。

伊思卡雖然想將手揮開，但要是貿然施力，難保不會碰到她的胸部，因此必須慎重行事。

「是我將伊思卡邀入宅邸作客的，所以在這裡度假的期間，不是應該將伊思卡視為我的所有物嗎？」

「不對！伊思卡是我的部下（東西）！」

「妳們都給本小姐停一停——————！」

愛麗絲中斷了伊莉蒂雅和希絲蓓爾的鬥爭。

「妳們兩個都收斂一點，我不會把伊思卡交出去的！」

「哎呀，愛麗絲，他和妳應該是首次見面的關係吧？而且他可是帝國士兵，理當是妳在戰場上視為世仇的死敵吧？」

「唔……唔……唔唔唔！」

愛麗絲咬緊牙關。

她之所以連連仰望天花板，想必是拚了命地想找個藉口開脫吧。

「對、對了！」

她容光煥發地說道：

「正因為他是帝國士兵！所以我不能讓重視的姊妹們和這般危險分子共處一室！據本小姐所知，帝國士兵一旦到了夜晚，就會變成大色狼喔！」

「這完全是誣陷的謠言吧！」

「你先別說話……！所、所以本小姐才會特此出手！我說什麼都得從大色狼的手裡保護心愛的姊姊大人和妹妹！」

「大色狼……是嗎？但他看起來並不是那種人呀。」

伊莉蒂雅來回看著伊思卡和愛麗絲，歪起脖子說道：

「那麼，愛麗絲，妳有想到什麼好點子了嗎？」

「只、只要讓本小姐留宿於此即可！」

愛麗絲按著胸口宣告道：

「讓本小姐也陪睡……不對。如果姊姊大人和希絲蓓爾都要和這名帝國士兵一起過夜，那只要讓本小姐以監視者的身分同床共寢即可！」

「……不不，我說，我很想回房間一個人睡啊。」

「要我們四個人一起睡嗎？唔嗯～我的床鋪夠大，所以還容納得下呢。希絲蓓爾呢？」

「我沒有意見。」

「所以為什麼沒人要問我的意見啊？妳們三姊妹聽人說話好嗎！」

伊思卡的慘叫沒能傳達出去。

看來，這魔女三姊妹似乎已經在檯面下開啟了伊思卡所無法理解的高次元戰爭。

「問題在於該怎麼決定就寢的前後位置呢。」

希絲蓓爾交抱雙臂，露出了極為嚴肅的神情。

「我姑且作個提議，不妨以年齡作為排序，從右起依序讓伊莉蒂雅姊姊大人、愛麗絲姊姊大人和我躺下，而伊思卡就睡在最左側如何？」

「哎呀，希絲蓓爾，這不就表示妳想獨占伊思卡身旁的空間嗎？這樣的安排可是欠缺公平呢。對吧，愛麗絲？」

「本、本小姐沒有意見……不過就是伊思卡的身旁……但、但是這確實也很有道理，若是要為此爭論不休，不如就改用抽籤決定吧。」

愛麗絲撕下了一張放在桌上的便條紙。

並在做成三支籤後，分別寫下了「左邊」、「中間」和「右邊」的註記。

「將他的位置固定在最左側，並以此決定我們三姊妹的位置。抽到『左邊』的人可以睡在他的身旁，而『中間』和『右邊』則是會離他較遠，這樣可以嗎？」

「從、從我開始抽吧！」

希絲蓓爾一馬當先地抽了籤。

「我、我抽到中間……也就是說，我不是睡在伊思卡身旁，而是夾在兩位姊姊大人之間的位置嗎……」

「哎呀哎呀，我是右邊，所以是睡在最遠的那一側呢。換句話說——」

「太、太棒了！我可以睡在伊思卡身旁了！」

「所謂好運藏箱底，真是所言不虛呢。這下本小姐就可以陪睡——」

掐著最後一支籤的愛麗絲蹦跳起來。

「愛麗絲姊姊大人？」

「啊！」

愛麗絲回過神來。

「您雀躍的反應相當可疑呢……」

「咳、咳咳，希絲蓓爾，妳在說什麼呢？本小姐睡在帝國士兵的身旁，才能保護妳和姊姊大人呀。這豈不是最為理想的配置嗎？」

「那欣喜的語調又該如何解釋？」

「才、才沒這回事呢！睡在帝國士兵的身旁，當然只會讓人心煩意亂呀！」

愛麗絲輕吁了一口氣。

「那邊的帝國士兵！這、這是僅限這一晚的特例喔。本小姐就特別允許你在我旁邊陪睡……不對，是特別允許你睡在旁邊！」

「不不，所以我就說想回自己的房間……」

「懂、了、沒？」

「…………遵命。」

在名為領路的押送下，他被帶進了寢室。

這一瞬間，一陣輕飄飄的香甜氣味包覆住伊思卡。放置在房間角落的半透明器皿，傳來了陣陣白煙。

那應該是萃取植物製造的精油香味吧。

……這也是女生的寢室啊。

……繼剛才造訪過愛麗絲的房間後，這應該算是我人生裡第二次踏入女性的閨房吧？

雖說他曾瞥過米司蜜絲隊長和音音位於女生宿舍的住處，但即使是如此熟識的兩人，伊思卡也不曾踏入過她們的寢室。

想不到，這樣的他居然得接受如此艱困的考驗。

「呵呵，我們三姊妹有好幾年沒像這樣感情融洽地睡在一起了呢，好期待呀。」

「……真沒辦法。雖然只能對陪睡一事死心，不過只要能和伊思卡共處一室，那麼我也能放心不少。」

長女伊莉蒂雅睡在床鋪的最右側。

而三女希絲蓓爾則是戰戰兢兢地趴在從右邊數來第二個的位置。

然後——

「愛麗絲，妳也別傻站著了，快點上床吧。怎麼啦，妳的臉變得紅通通的呢？」

「伊思卡，你怎麼了？怎麼連你的臉都紅了？」

「…………」

伊思卡和愛麗絲對看著彼此，就這麼僵在床鋪的邊緣處。

「愛麗絲，妳先請吧。」

「應、應該要讓你先睡才對！本小姐最後再睡就可以了……！」

「可是我是睡最旁邊的位置啊。」

「你是客人吧！當然應該以客為尊了……！不然這樣吧，本小姐就姑且讓個步，由我們兩個同時就寢吧。」

從床鋪的右邊數起，依序是伊莉蒂雅、希絲蓓爾、愛麗絲，最後則是伊思卡。

四人躺在床鋪上，蓋著同一條棉被。不過，四人之間的距離其實相當地靠近。

在將燈關掉之後，伊思卡甚至能聽到三姊妹的呼吸聲。

……這下子不是根本睡不著了嗎！

……沒辦法了。反正我打從一開始就沒有要睡的意思。

他還有護衛希絲蓓爾的任務在身。

若是按照原訂計畫，他會向希絲蓓爾借用通訊機後回房待機，一旦收到她的求救訊號，就會立刻趕赴過來。

由於現在已經是共處一室的狀態，在效率上反而比原訂計畫更佳——

伊思卡在想到這裡時睜開眼睛，只見鼻頭前方——

「愛麗絲！」

「……噓！別出聲，會被她們聽見的。」

——呈側躺姿勢的愛麗絲睜開眼睛，正直直地凝視著自己。

兩人的臉孔相距不到二十公分。雖然如今已經熄燈，但距離這麼接近的狀態下，他仍然能清楚地看見愛麗絲的臉龐。

「她、她們都已經睡著了……要是不安靜一點的話，會吵醒她們的……」

愛麗絲輕聲細語地說道。

從她身後微微傳來的鼾息聲，應該是伊莉蒂雅和希絲蓓爾所發出的吧。還醒著的就只有自己和愛麗絲兩人。

「伊思卡。那個……我想你也明白，本小姐有身為公主的立場要顧，所以說什麼都不能與你貼身接觸，你可要留意呀。」

「但我本來就沒打算做那些可疑的舉動啊。」

「不過——」

在極為貼近的距離受到愛麗絲的凝視。

她的臉頰之所以會染上紅色，肯定是緊張的關係吧。不可能是出於其他理由導致的。

「你若是一時睡迷糊，不小心抱住本小姐的話，那也只能予以通融了。因為那是無意識下的舉動，我當然也會網開一面……」

「這規矩的漏洞是不是有點多啊？」

「這、這只是以防萬一！本小姐可沒對這種狀況抱有期待，只是姑且提醒罷了，你、你可別誤會了！」

「哎呀哎呀，伊思卡，您可真是的……」

愛麗絲的身子驀地抽搐了一下。

理應熟睡的伊莉蒂雅竟然突然發出說話聲。

「姊、姊姊大人，您還醒著嗎？」

「…………」

「……姊姊大人？」

沒有回應。

就在愛麗絲為了確認狀況而向後翻身之際——

「哎呀，伊思卡真是的，居然在眾目睽睽之下這麼做……您可真是大膽。」

看來是伊莉蒂雅在說夢話的樣子。

伊思卡和愛麗絲能察覺到這一點，是因為接下來發生了這樣的互動——

「呵呵，既然如此，那就別怪我反擊囉。」

「……呼啊啊？你、你這是在做什麼呀，伊思卡？為什麼突然抱住了我？怎麼這樣……這對我們來說還太早了啦……」

希絲蓓爾傻憨憨的聲音傳來。

看來她似乎也是在說夢話的樣子。

「抓～到您囉。哎呀哎呀，想不到伊思卡的身子居然還挺柔軟的呢。」

「伊、伊思卡……嗯……不可以啦！你是在抓哪裡呀？這、這樣弄會很癢……想不到……你為人居然如此大膽……」

「呵呵，您的聲音真可愛。」

到底是做了什麼樣的互動啊？

也不曉得那對姊妹作了什麼樣的夢，在愛麗絲身後的她們，似乎正開開心心地說著夢話。

「呀啊！」

「唔！」

眼前的愛麗絲突然抱了上來。

她身後的希絲蓓爾在翻身之際推了一下愛麗絲的背部，使得愛麗絲朝自己貼了過來。

「對、對不起……」

「我是沒關係啦，可是愛麗絲……那個……妳還是快點放開我比較好吧……」

「可是希絲蓓爾一直在踢本小姐的背，根本沒辦法翻回原來的位置呀。」

「她的睡相未免也太糟了吧？」

再繼續推擠下去，就會摔到床下。就算愛麗絲擠壓著自己，伊思卡也只能儘量忍耐。

……現在靠得這麼近，房裡又黑，愛麗絲的呼吸聲都聽得一清二楚。

……話說，她該不會也聽得見我的呼吸聲吧？

兩人以側躺的姿勢對視。

平時相對而立時，愛麗絲的身高比伊思卡稍微高一些；不過現在因為枕頭位置相同的關係，使得兩人的視線高度變得一致。

這時——

愛麗絲伸出了手，按上伊思卡的胸口。而且這還不是用手指輕觸的程度，而是整隻手掌貼上來的力道。

「……好厲害。你看起來很瘦，但果然鍛鍊得很結實呢。」

「妳在摸哪裡啊！」

「這、這是誤會！都是希絲蓓爾在後面踢本小姐，我是迫不得已才會向前屈身的！」

但即使嘴上這麼說，愛麗絲還是沒有要把手抽開的意思。

「男人的體溫原來是這麼高的呀，感覺都要燙傷了呢……」

「妳剛才不是說不能做肢體接觸嗎？」

「這、這是不可抗力！而且你現在有穿衣服，所以不成問題！」

「是這方面的問題嗎……」

「……我、我知道啦，那、那麼……」

在黑暗之中——

伊思卡看到愛麗絲用力吞了口口水。魔女公主小巧的粉唇微動，細細地道出話語：

「你、你要不要……摸我……？」

「……什麼？」

「我們是勁敵嘛。既然本小姐都摸你了，那讓你摸摸同樣的部位，才稱得上是公平嘛。」

愛麗絲觸碰伊思卡的部位乃是胸口。

而說到同樣的部位，豈不就代表——

「————」

在近乎無意識的狀態下，伊思卡低頭看向了「那個部位」。

從睡衣的襟口，可以看到纖細的鎖骨。

而位於下方的豐滿部位，則是隨著愛麗絲的呼吸上下起伏。伊莉蒂雅所提及的「公主的包容力」，愛麗絲可說是十分具備。

「啊，討厭……別靠得這麼近看啦……會被看得很害羞耶……」

愛麗絲的臉龐逐漸變得通紅。

她的呼吸聲也變得略微急促，而這肯定不是伊思卡的錯覺。

「快、快點啦……你如果想摸的話……本小姐也願意忍耐……」

「這樣我不是像變態一樣嗎！」

「因、因為這是我們訂下的規矩呀。不管是在何種狀況下，本小姐都想與你公平地一戰——啊，不過這麼說來……」

「這麼說來？」

「…………」

愛麗絲直直地盯著自己看。

剛才那害羞的少女樣貌已不復見，展露在她臉上的是若有所求的神情。

「怎、怎麼了？」

「……你看到了吧？」

「看到什麼？」

「…………本小姐的內衣褲。你和希絲蓓爾待在我房間的時候，還緊緊地抓在手裡……」

「妳、妳誤會了！那只是一場意外！」

「身為勁敵，『我們應該要對彼此公平』。」

聽到愛麗絲的這句話。

伊思卡的背部驟然竄出了大片冷汗。

「對了，我想起來了。既然你曾細細打量過本小姐的內衣褲，那麼我應該也有看你內褲的權利呢！」

「這不太對勁吧！」

「這是為了追求公平，所以沒什麼好奇怪的。本小姐既然身為你的勁敵，就應當有知曉你一切的權利！」

愛麗絲伸出手，抓住伊思卡衣物的下襬。

她掐緊手指，使力扯開。

「來吧，讓本小姐看看你的內褲！這樣你我就互不相欠了！」

「這是什麼鬼對決啊！欸，愛麗絲，妳等一下！可惡啊！燐呢？燐跑哪去了？妳的主人失去理智了，快過來阻止她啊！」

伊思卡喊著不在場的愛麗絲隨從之名，展開了一場與愛麗絲貼身惡鬥一晚的夜間之戰。

Intermission　「天帝詠梅倫根與其參謀」

說起天帝詠梅倫根這號人物——

他是這座單一要塞領域「天帝國」的首長兼象徵。

至少已經是第九任的首長。

在始祖涅比利斯於百年前舉兵反叛的史早之前，「天帝」的稱號就已經存在，並透過不向國民公開明示的「天尊墜地儀式」選出新的繼任者。

國民對此並不抱任何疑問。

因為這裡是世上最繁華的國家。既然享受著幸福的生活，就沒必要對天帝的選制唱反調。

「所謂『千金之子不死於市』、『倉廩實而知禮節』——這兩句話說得可都真對。正因為這個國家豐衣足食，所以人民會選擇維持現狀，不會期盼社會鬥爭的到來。」

天主府——

這裡是帝都最為古老的建築物之一，名為「無窗大樓」。

在百年前，始祖涅比利斯舉兵造反之際，曾將國土化回一片焦土，而這裡也是唯一獲得倖免的建築物。

大樓的內部又包含了四棟建築物。

巨大大樓之中建造了四座高塔，而高塔之間則是以玻璃製的空橋作為聯通道。

「如此這般，帝都還是一如既往地和平喔，『天帝大人』。」

「辛苦妳了，璃灑。」

前來迎接璃灑的，是身穿軍裝的高大蓄鬍男子。

他正是天帝詠梅倫根本人。

「如屬下報告的一般，八大使徒已經開始執行『女王活捉計畫』。目前除了咱之外的使徒聖都已經啟程離開帝都，咱便是前來報告此事。」

「我明白了。」

原本站得直挺、身穿軍裝的天帝，這時有所動作。

過去吧——他像是在表明這樣的含意，靠近玻璃空橋的末端，以下顎努了努空橋另一端。

「『大人正在等妳』。」

「好喔～謝啦。順帶一提，大人目前的狀況如何？」

「還是一樣為無聊所困。他說目前的無聊指數是六十三。」

「只要沒超過九十，應該就不會出事吧。他上回可是突然就跑出帝國境外，還說要和魔人薩林哲進行接觸，當時真是把咱給嚇了個半死呢。」

天帝詠梅倫根──替身。

在向帝國司令部的代表開會以及離開天主府時，這名男子都會以天帝的身分亮相。而這名男子同時也是「第九任的替身」。

──頂點一直都只有一個人。

──從百年前直至今日，天帝詠梅倫根都從未輪替過。

璃灑走到玻璃空橋的盡頭。

這是四座高塔的最頂層「非想非非想天」。

冠以這棟大樓的名稱，乃是出自古代神學者定義的名詞，其意思為：幾乎捨去一切煩惱後，方能踏足的崇高境界。

在踏入其中的瞬間，一股帶有刺激氣味的草香味隨即竄入璃灑的鼻腔。

「啊～您又換了榻榻米呢。咱拿這種藺草味很沒轍耶。」

『──』

「罷了，對咱來說，這也沒什麼大不了的啦。啊，咱不是在抱怨喔？身為天帝參謀，豈能對天帝大人做出抱怨這種大不敬的行為呢？」

『——』

這是一處鋪設了數十張榻榻米的空間。

璃灑脫下鞋子，以放鬆的姿勢躺臥在榻榻米上。

而就在她的眼前——

有個同樣躺在地上，凝視著自己的存在。

「天帝大人，您對這次的特殊任務有何想法？」

『——』

「總～覺得有點可疑呢。該怎麼說呢，入侵皇廳的行動有些太順利了呢。雖說有留下成功的前例，所以應該能順利抵達中央州，但若是八大使徒和『E實驗體』有所勾結的話，那麼咱就不太高興了。」

她摘下眼鏡。

由於躺臥的時候會礙事，因此璃灑習慣上會摘去眼鏡。即使視野變得稍顯模糊不清，「天帝」的輪廓仍清楚地映在眼裡。

「那是介於銀色野獸和人類之間的物體」。

「您有何打算？既然第一席都不在了，要讓咱陪侍在側嗎？」

璃灑的職位為天帝參謀。

就算八大使徒發布了特殊命令，她的本分仍是服侍天帝。

『————』

天帝開了口。

他以只有躺在身旁的璃灑聽得見的音量，悄悄說了些話。

「……也是呢，若是只有咱蹺班，其他使徒聖大概會生氣吧。」

璃灑露出苦笑。

這顯然是聽了天帝的回應後作出的回答。

「咱明白了。哎，就當作是有幸目睹『E實驗體』尊容的好機會吧。不曉得她現在長成什麼樣的怪物了呢。」

Chapter.4 「一個屋簷下」

1

露．艾爾茲宮的三樓，愛麗絲的個人房間——

在陽光灑落的客廳之中，愛麗絲正哼著小調。

「呵呵，今天的陽光還是一樣燦爛呢。萬里無雲的藍天、爽朗清新的空氣，真是個宜人的假日時光呀！」

「愛麗絲大人——」

「啊啊，看來今天也是充滿希望的一天呢。」

「愛麗絲大人！您究竟是怎麼了？居然一大早心情就這麼好……」

燐站在椅子後方，正偷偷探出臉龐窺探愛麗絲的臉色。

這位隨從此時正在用梳子梳理愛麗絲的金髮，而燐似乎對她哼歌的模樣感到在意的樣子。

「咦？會嗎？我平常都是這樣的吧？」

「正因為平時並非如此，小的才會這麼詢問。您居然一大早就開始哼歌……換作平時的早晨，您的臉上應該是罩著濃濃的陰霾才是吧？」

「還不是因為本小姐每天都得對著堆積如山的文件一一簽核的關係。待在別墅的這段期間，我就不用為那些事操心啦。」

「只是因為這樣嗎？」

「對呀、對呀。」

「……有點可疑呢。」

燐伸手輕撫愛麗絲的金髮。

在陽光的照耀下，每一根髮絲都閃耀著純金般的光澤。儘管如此，手指撫過的質感更是如絲綢般滑順。

「愛麗絲大人，您今天的頭髮比平時更為柔亮呢。」

「有嗎？」

「肌膚也是光澤十足，就連化妝也比平時更有幹勁……總覺得，今天的愛麗絲大人比平時更顯得生氣勃勃呢。」

染成了粉紅色的臉頰呈現出豐沛的氣色。

而愛麗絲甚至還哼起了歌，燐會如此在意也是無可厚非的事。

「應該是發生了什麼事吧？小的聽說您昨晚在伊莉蒂雅大人的房裡就寢，是當時發生了什麼好事嗎？」

「……好事嗎？也是呢，偶爾讓我們三姊妹共寢一室似乎也不壞呢。」

愛麗絲以雀躍的語氣對身後的隨從這麼答道。

「那真是一場激烈的對決。」

「啥？」

「為了不吵醒希絲蓓爾和姊姊大人，本小姐可是拚了命地壓低音量，不過那確實是一場旗鼓相當的攻防呢。」

「……呃，咦？」

「真不愧是前任使徒聖呢。他的防守滴水不漏，一直到最後都抵抗著本小姐的攻勢。要不是欠缺臨門一腳，我就能解開男孩子的不解之謎了呢……啊，我可沒做些不知羞恥的事喔，因為是他偷看我的內褲在先，所以這是合情合理的復仇戰喲。」

「小的完全聽不懂您在說什麼呀？」

當然，愛麗絲也不可能全盤托出。

要是老實坦承她花了整整一晚企圖脫去伊思卡的衣服，燐肯定會露出古怪的神情。

……沒關係，就算沒人能理解也無妨。

……因為那是只屬於本小姐和伊思卡的對決呀，只要本小姐的內心獲得滿足就夠了。

這場對決，最後以愛麗絲疲憊入睡終結。

雖然在早上起床時，愛麗絲已經看不見伊思卡的身影，但她的心中仍充斥著滿足感。僅僅只是久違地與他「過招」一番，竟然就能帶來如此充實的刺激感。

「愛麗絲大人，小的已經將您的頭髮梳理完畢。」

「謝謝妳。好啦，今天該怎麼過呢？既然天氣這麼好，不如就出去走走吧？」

她從客廳走到陽臺。

愛麗絲從陽臺俯視宅邸後院，很快就看到了與自己激戰一晚的勁敵身影。

「伊思——————啊，不行、不行。」

雖然很想向他搭話，但還是拚命忍住了。

自己和伊思卡是互不相識的關係，再加上身後還有燐在，她肯定會對自己主動搭話一事感到不快。

「唔，是帝國劍士。」

一如既往地，一看到人在後院的伊思卡，燐立刻臭著一張臉。

而其他三名帝國部隊也在場。他們手中都握著高爾夫球桿，看來是打算在後院的高爾夫球場活動吧。

「那些傢伙……那可是露家的設施啊。雖說姑且是把他們當成客人對待，但居然打算提供給帝國軍人使用？真是的，把他們帶到後院的究竟是哪一位呀？」

愛麗絲已經對伊思卡和米司蜜絲隊長知之甚詳了。

至於另外兩人，他們應該就是陣和音音吧？她只跟這兩人打過招呼而已，尚不明白他們的品行到底如何。

……還是不要知道太多為上。

……如果一不小心聊得太意氣相投，只會在戰場上徒增迷惘罷了。

愛麗絲從陽臺靜靜地遙望，看著四名帝國人玩起高爾夫球。

他們純粹以練習網作為目標，握著球桿打擊小白球。

像是在打擊場揮棒一般，反覆地將球打擊出去。這一連串的動作實在過於單調，換做是小時候的愛麗絲，早就沒練多久就徹底膩了；不過——

「……愛麗絲大人，您看起來很開心呢。」

「……因為他們看起來很樂在其中呀。」

這四人想必都是新學乍練吧。起初即便瞄準放在地上的小白球，也只能連連揮空。縱使打中球，也無法順利擊飛出去，僅能形成滾地球。不過這四人將這些失敗也當成玩樂的一部分，看起來相當開心。

「但還真是出乎意料呢。」

燐自言自語道：

「那個帝國劍士使劍的功夫明明那麼高明，但揮桿的動作完全像個門外漢呀？」

沒錯。

令人驚訝的是，四人之中表現最差的竟然是伊思卡。他理當擁有過人的身體能力，但練習揮桿的模樣卻顯得極為僵硬。

……總覺得愈看愈覺得心急呢。

……哎喲，真是的！要是本小姐在場，就可以一對一地指導他了！

只能站在陽臺遠眺，實在讓人心癢難耐。

這時，昨晚睡在一起的三女希絲蓓爾來到了高爾夫練習場。這個妹妹打算做什麼？就在愛麗絲為此側首不解的時候——

「呵呵，各位似乎都玩得很開心呢。」

妹妹露出柔和的笑容，若無其事地混進四人的圈子之中。

「哎呀，伊思卡，這樣揮桿可是沒辦法將球打出去的呀。」

「咦？是這樣嗎？」

「讓我一步步從頭教你吧。首先從球桿的握法開始——哎呀，你的肩膀太用力了呢，要再放鬆一點……對對對……」

妹妹以一副若無其事的態度走到伊思卡身邊。

她將手環過伊思卡的背部，還伸手握住同一支球桿。

「那、那孩子居然！」

「看來將那些傢伙們帶到高爾夫球場的，就是希絲蓓爾大人了……但她這麼做有何目的？居然特地款待帝國部隊？」

燐大感不解似的歪起了脖子。

但愛麗絲卻很清楚，這就是妹妹的盤算。

希絲蓓爾站在伊思卡身旁，握住了同一支球桿。這副模樣看在愛麗絲的眼裡，就像是對著結婚蛋糕下刀的新婚夫妻。

……那孩子又想對我的勁敵（東西）出手！

……不對，不只是伊思卡而已。難道她是真的想把那個部隊的四人都收為部下？

愛麗絲深信伊思卡不是會見風轉舵的個性，而其他三人似乎也不是會背叛帝國的類型。

然而，理性和感性是不能一概而論的。

看到希絲蓓爾黏著伊思卡的光景，愛麗絲的內心也無法保持平靜。

「……本小姐晚點得訓訓那孩子才行。」

「愛麗絲大人，您的表情有些嚇人呢，還請您稍微留意，別頂著這副神情前去送行。」

「……送行？」

那是指什麼事呀？

被摟著自己的燐這麼出言安撫後，愛麗絲停下動作。

「伊思卡他們應該沒這麼早回去吧？」

「小的指的並非那些傢伙。愛麗絲大人，請回想您來到此地的任務。您昨晚不是談成了一場交涉嗎？」

燐從身後附耳說道：

「伊莉蒂雅大人要離開了。因為女王正在王宮等待她的歸來。」

2

露・艾爾茲宮三樓——

「希絲蓓爾大人，小的拿新的毛巾過來了。」

「……謝謝妳，放在那邊就可以了，我要換個衣服。」

傭人少女退出房間。

希絲蓓爾背向關上的房門，以冰水滋潤乾渴的喉嚨。她以毛巾擦拭從脖頸向下滑落的汗水，並脫去上衣，露出底下的內衣。

「……我還真是得意忘形了。」

映在穿衣鏡裡的自己，經歷剛才那一場運動而顯得雙頰發紅。

那真的只是一時興起。

……我只是嫌被關在別墅裡感到無聊，打算殺殺時間而已。

……若不這麼做的話，我的內心就要被隨從失蹤一事澈底壓垮了。

為從未接觸過高爾夫球的伊思卡一行人打點安排。

而這段過程——

讓她感到很開心。雖然一開始僅僅是在後方守候，但隨即便上前指導，還親自示範，最後更是和帝國部隊的四人打成一片。

……這可不行呢，他們可都是帝國部隊。

……那已經不是雇主和保鏢應有的互動了。

汗流浹背的她甚至得回房更衣，這也代表自己玩耍得十分投入。

微風輕拂。

從窗戶流入房內的薰風，舒適地吹在流過汗水的肌膚上頭。她一時忘了要穿上外衣，就這麼以只穿著內衣褲的姿態任風吹拂。

「希絲蓓爾呀，還沒到中午時分，妳就已經累了嗎？」

原本宜人的肌膚灼燙感——

在聽到這句話的瞬間，像是被推入冰海之中似的，驟變成駭人的寒氣。

「姊姊大人！」

「我可是敲了門喔？但妳遲遲沒有反應，我就自己進來啦。」

說話聲從身後傳來。

希絲蓓爾還來不及轉身，長女伊莉蒂雅就從背後抱住了她。動彈不得——感覺自己成了被肉食動物徹底壓制住的獵物。

「您……您有什麼事嗎……」

從喉嚨擠出的話語聲發顫著。

——和昨晚不一樣。

——氛圍和昨晚的姊姊判若兩人？

正因為身為妹妹，因此能分出細微的差異。姊姊溫柔的用字遣詞之中，參雜冰冷的感情。那毫無起伏的聲線，就像是在和路邊的石頭搭話一般。

「我尚在更衣……姊姊大人……您不是已經回王宮了嗎……」

「我是特地來和妳道別的呀。」

第一公主輕聲說道：

「我很開心喔，希絲蓓爾。妳平時幾乎不會在眾人面前現身，總是窩在房間裡，甚至連用餐時都是捎人送入房內。平時會常伴左右的，應該就只有隨從而已吧？」

「那、那是……」

「啊，對了、對了。說到隨從呀。」

姊姊的呼氣聲顯露出一絲笑意。

那對豐滿的胸部像是要壓在妹妹的背上似的推擠過來。

「修鈸茲被綁架了對吧？妳也真不好受呢。」

「————唔！」

隨從被綁架了——「她為何能如此斷定」？

修鈸茲確實是在踏入這個中央州之後就失去了聯絡，但目前仍缺乏能指出他遭到綁架的決定性證據。

……也可能是被捲入交通意外，或是因為突然生病而住進了醫院。

……就連我都還無法確定修鈸茲消失的真正理由，她為何能說得如此篤定？

就只有下手之人知曉箇中真相。

換句話說——

「……………嗚……啊……」

她說不出話來。犯人就在這裡。

「嗨，小希絲蓓爾，妳在招兵買馬這方面還眞是用心啊。」

「假面卿！您、您爲何會出現在這裡……」

在獨立國家阿薩米拉，有個向假面卿暴露了自己行蹤的告密者。

而那個人也就是綁架隨從修鈸茲的凶手。

……露家的背叛者。

……就是您對吧，伊莉蒂雅姊姊大人！

雖然想這麼開口，但她深怕聽到對方的回應。希絲蓓爾的牙齒打顫，嘴唇也因極度緊張而乾渴不已。

「哎呀，怎麼啦，妳在發抖呢，難道是被風吹得著涼了嗎？若是作這身與裸體無異的打扮，也難怪身體會發冷呢，畢竟妳的身子並不強壯呀。」

從身後擁抱自己的力道，像是要勒斃自己似的逐漸加強。

「要是有什麼感到不安或害怕的事，姊姊我可是願意聽妳傾訴喔？」

「姊、姊姊大人……！」

「放心吧。」

從背後擠壓而來的壓力，在這時驀地消失了。

「『只要乖乖待在宅邸（這裡）』，隨從就會回來──我總覺得是這麼回事呢。」

「────唔嗚！」

她像是彈簧一般轉過身子。

但長女伊莉蒂雅早已走出房門，離開了房間。

＝＝

露．艾爾茲宮東廂房──

「好，還有十八、十七、十六……隊長，妳的動作比平時慢上很多喔？」

「可、可是……咱們剛才不是才打完高爾夫球嗎？人家已經累了啦！」

在伊思卡被分到的客房走廊上。

米司蜜絲隊長正扛著音音，汗如雨下地做著深蹲。而在一旁守望的陣和伊思卡則是已經結束鍛鍊，目前正在休息。

「打高爾夫？隊長不是一直在揮空桿嗎？」

「我～說～過！那不是因為人家沒運動細胞，是球一直在躲人家的關係啦！是高爾夫球在閃避人家的桿子啦！」

「就算翻遍全世界，也找不到球會自行閃躲的科學研究啊。」

「有啦！一定有……！啊嗚，邊叫邊做的負擔反而更大了……！」

汗流浹背的嬌小女隊長發出了呻吟。

「音、音音小妹……還有幾下才結束呀？」

「還有二十五下。」

「變多了！音音小妹，妳一定加量了對吧？」

女隊長宛如臨死慘叫的哀號聲響徹走廊。

這時，待在走廊深處客廳裡的伊思卡，發現陣難得地「什麼也不做」，只是坐在桌旁的椅子上休息。

「陣，你不用保養槍——啊，對喔。」

「已經被沒收啦。你的星劍也一樣吧？」

陣將身子靠在椅背上頭。

他之所以看起來有些不甚滿意，是因為平時的陣，會在訓練結束後順便保養槍枝的關係。

無論是身在帝都、獨立國家阿薩米拉或是踏入涅比利斯皇廳後，他每天都會實行這樣的例行公事。

……因為在我們的部隊裡，狙擊手是最需要敏銳感官的職位。

……對陣來說，摸不到槍應該讓他感到很不安吧。

當然，伊思卡的狀況也相似。

他還記得星劍的手感，也沒少做過意象訓練。他目前最擔心的，反而是不曉得星劍有沒有被對方好好保管起來。

「伊思卡。」

「嗯？」

「把我們的武器和通訊機沒收的，是那個可疑到不行的女人。但我聽說她在上午的時候就回去了是吧？」

就算不直接點名，伊思卡也聽得出來是在說誰。

第一公主伊莉蒂雅——她本人主張曾以雙面諜的身分與帝國有所往來，但伊思卡等人卻沒有確認真偽的手段。

「那我們的裝備呢？要是她趁著返回王宮的機會順便摸走，那我們可就沒戲唱了。」

「……我是希望她不會狠到這種地步啦。」

要問傭人看看嗎？

但應該是不會獲得任何回應吧。既然伊莉蒂雅已經離開此地，那至少也得獲得愛麗絲或希絲蓓爾的授意才行。

……沒辦法向愛麗絲開口，因為我和她的關係仍是祕密。

……但要是拜託希絲蓓爾的話，似乎又等於在無關緊要的狀況下欠她人情……

叩叩！

就在這時，門外傳來了輕微的敲門聲。在門口處正在做著意象訓練的音音和米司蜜絲隊長打開了門。

而兩人倒抽一口氣的反應，誇張到連伊思卡都察覺到了。

「希絲蓓爾？」

只見粉金色頭髮的少女穿過走廊走了過來。

然而，這究竟是怎麼回事？

剛剛在後院玩耍時，她明明還露出了開朗的笑容；但如今現身的少女，卻是雙眼失焦、面如土色。

「────」

第三公主在伊思卡的面前頹然坐倒。

她的膝蓋眼看就要撞上鋪在房裡的地毯，而在那一剎那，伊思卡接住了少女的身子。

「唔……怎麼回事？」

「希絲蓓爾小姐？咦？妳、妳怎麼了！」

狀況顯然不尋常。

陣從椅子上起身，米司蜜絲隊長則是跑過走廊追了過來。四名帝國士兵圍住了她。

「……伊思卡……」

看到她抬起臉龐的模樣，伊思卡不禁倒抽一口氣。

因為第三公主咬緊雙唇，正拚了命地忍住抽咽聲。

「我剛才……明白了……」

明白了什麼事？

伊思卡還來不及發問，希絲蓓爾便用力抱住了自己的手臂。

倚靠上來的少女，用盡全身的力氣說道：

「皇廳裡的背叛者就是伊莉蒂雅姊姊大人……不會錯的，姊姊大人就是企圖反叛女王的幕後黑手！」

3

涅比利斯王宮——

直沖天際的高塔「月之塔」。

此地為始祖後裔佐亞家的官邸，而在這裡工作的人們，全都深受佐亞家思想的薰陶。

而在月之塔的地下室——

這處被四層厚牆隔絕而成的密室「月陰」，是在月之塔落成之後，由佐亞家現任當家增設出來的空間。

露家和休朵拉家都不知其存在的房間。希絲蓓爾的「燈」之星靈固然駭人聽聞，但只要她不知曉這間房間的位置，也就無法進行竊聽。

「就在剛才，露家長女伊莉蒂雅從露家的別墅返抵王宮了。」

六名佐亞家的成員站在房間之中。

每一位成員都流有始祖的血脈，是寄宿了強大星靈的純血種。

「另外就是，根據我剛剛收到的情報，她以身體不適為由，拒絕了謁見女王的命令。」

朗聲開口的，是以面具遮住臉孔的禮服男子。

被稱為「假面卿昂」的這名男子，在佐亞家的血脈中相當於參謀的地位。

「她這一、兩天恐怕都不會離開房間吧。讓人在意的是，她似乎是為了某種目的在爭取時間的樣子。」

「……那個小丫頭啊。」

嘶啞的嗓音在密室裡緩緩傳開。

佐亞家當家「罪」之葛羅烏利。

他已年過七旬，得依靠輪椅支撐的身子已如風中殘燭。

然而，這名布滿皺紋和老人斑的老者，就是放眼全佐亞家，他身為星靈使的實力之恐怖，也已到了無人不曉的程度。

「現任女王（米拉蓓爾）的第一公主……我還記得……她在二十年前出生的那一幕。在看到那丫頭的星靈之際……我……就斷定下一屆的女王聖別大典會是我們佐亞家的勝利了。」

百無一用的星靈。

伊莉蒂雅的「聲」之星靈，能夠記下聽過的話語聲並加以模仿。

「區區鸚鵡學舌的能力，絕不可能讓她登上女王之位。我原本是這麼認定的……」

但這也成了敗筆。

第一公主伊莉蒂雅，展露了超乎佐亞家想像的星靈術——也就是那場女王暗殺計畫。

「再見了，露家的各位。」

在女王謁見廳引發爆炸的那個當下——

包含涅比利斯八世在內，其部下們紛紛提出了「在爆炸前聽見了假面卿的聲音」的證詞。

而這也成了情況證據，使得佐亞家收到了禁足處分。

期限是逮捕到真凶為止。

「昂，你被擺了一道啊……」

「是啊，完全就是這麼一回事。我也沒能在第一時間反應過來呢。」

聽到當家的話語，假面卿坦率地聳了聳肩。

「女王謁見廳的人們聽見的聲音，是那個第一公主『用星靈術偽造的聲音』，藉此讓我揹黑鍋呢。」

在爆炸的當下，不管是伊莉蒂雅或是女王，都處於被烈焰吞沒的危急狀態。

身在現場之人，不可能會是行凶的匪徒。

然而，她想必早已預測到結果了吧。她知道君臨涅比利斯皇廳的女王，絕對能擋下那陣強烈的爆風。

「而休朵拉家也參了一腳。炸毀女王謁見廳的凶手正是休朵拉家，而伊莉蒂雅則是掐準時機模仿了我的說話聲——這就是一切的真相。不過，我也是幾天前，才終於推敲出端倪呢。」

「昂啊，你對女王說明過了嗎？」

「沒這個必要。第三公主很快就會回來。她會重現女王暗殺計畫當時的影像，在眾人面前揪出真凶。」

星星（露）與太陽（休朵拉）即將墜落，沒入地平線的彼端吧。

月亮（佐亞）大放異彩的時代即將來臨。

「但我仍有一點不解。」

假面卿交抱雙臂，凝視起房間的天花板。

「她（伊莉蒂雅）是個聰明的女孩。只要妹妹使用星靈，要揪出女王暗殺計畫的真凶是她和休朵拉家，就只是時間早晚的問題。她究竟為何要動用如此強硬的手段……」

「你覺得還有隱情？」

「我是這麼判讀的。她說不定還留了一手……就是這麼一回事喔，琪辛。」

在向當家葛羅烏利點頭回應後，假面卿轉而向站在身旁的少女搭話。

——棘之純血種，琪辛·佐亞·涅比利斯。

這名黑髮少女和過去與伊思卡相見時一樣，以眼罩覆蓋住雙眼。

佐亞家對她施加了特殊的訓練，只要能順利開花結果，就能成為凌駕於愛麗絲莉潔之上的強大星靈使。是佐亞家暗藏的一張王牌。

「可不能怠於戒備喔。若說會有什麼『意外』，那肯定會在這幾天發生。」

＝

晚上十一點的鐘聲響起。

就在露家的別墅露．艾爾茲宮的所有傭人都結束工作，於深夜靜靜休息的此刻——

「不管怎麼看都是『有罪』啊。這完完全全是自白了吧。」

在希絲蓓爾的房間裡。

陣看過燈之星靈所播放出的影片後，以冷淡的口吻繼續說道：

「那個叫修鉞茲的老爺子，是在妳姊的策劃下遭到綁架的。若非如此，是不可能拿出『妳的隨從好像被綁架了吧？』這種說法的。」

「阿陣！」

「她說想知道我們坦率的感想，所以我就老實回答啦。」

「是、是這樣說沒錯，但那種說法有點……」

聽到陣直言不諱的話語，米司蜜絲不禁畏畏縮縮地出言打岔。

坐在沙發上的希絲蓓爾則是不發一語。她抿緊嘴唇，雙手握拳放在膝上，努力忍耐著。

看在伊思卡眼裡，那樣的反應實在是讓人不忍卒睹。

「陣，我問你喔。」

「嗯？」

「……你覺得那個女人為什麼要暴露自己是犯人的事實？」

「天曉得。就我能想到的，大概就是用以牽制吧。她最後的那句話──『只要乖乖待在宅邸，隨從就會回來』，簡單來說就是『待在這裡不准輕舉妄動』吧。」

「也是連同警告我們不准外出的意思？」

「大概吧。不過──」

銀髮狙擊手倚靠在牆壁上。

「他的肩上扛著愛用的狙擊槍」。

「只要是在宅邸裡，不管做什麼都不要緊。那個長女也沒禁止我們拿回被沒收的武器。」

米司蜜絲和音音的手槍也配置在身邊。

而伊思卡那對一黑一白的星劍，如今也放置在桌面上。這些都是希絲蓓爾從倉庫翻到的。

——這是對伊莉蒂雅無言的反抗。

同時也是希絲蓓爾眼下唯一能做的事情。

「那麼雇主小姐，妳打算怎麼辦？就算拿回了我們的武器，我們也沒辦法殺到王宮向妳姊姊報仇啊。」

「……我沒有這個打算。」

她的聲音強而有力。

第三公主的嗓聲之堅毅，甚至讓伊思卡以為自己聽錯了。

「姊姊大人已經回王宮去了，就算我沒有動作，女王也會向姊姊大人問話，從她口中套出將我幽禁在這座別墅的理由吧。」

「所以？」

「時間會解決一切的。我會在八天後返抵王宮，並揪出企圖暗殺女王的真凶。如此一來，事件就能告一段落了。」

「趕得上嗎？」

「……咦？」

「我若是站在妳的立場，肯定會『趁這個機會反咬一口』。」

聽到陣的回應，希絲蓓爾一臉愕然地回問：

「這是什麼意思？」

「現在就該直接返回王宮，然後用妳的星靈術揪出想暗殺女王的犯人。待上八天根本不能當成選項。」

「唔！但、但若是這樣，修鈸茲的性命就……」

「恐怕會有危險吧。不過我可以斷言妳待在別墅（這裡）的這八天，很有可能會發生什麼驚天動地的大事。」

「……那就是姊姊大人要我待上十天的理由嗎？她會在這幾天內採取某些行動？」

「就是這個意思。」

銀髮狙擊手不是滋味地說道：

「妳如果打算按兵不動，那麼靜觀其變也是其中一個辦法。但最好作足隨時都能返回王宮的準備。」

「你很溫柔呢。」

「嗯？」

「這些建言已經超出了護衛我的任務範疇。即便如此你還是願意提供意見，是因為擔心我的人身安全對吧？」

「…………」

陣沒有出言回應。

他看似在鬧彆扭的反應，惹得希絲蓓爾輕笑出聲。

「真是一針見血的建議，我會銘記在心的。」

在場全員都散發著緊張的情緒。

他們減少交談，任憑時間流逝。這一天，在伊思卡一行人護衛著希絲蓓爾的狀況下，別墅並沒有出現任何異狀。

4

隔天——

就在伊莉蒂雅離開別墅整整一天後，時間來到了晚上十一點。

「……太奇怪了。」

愛麗絲鼓起臉頰，上半身趴在房間的桌面上頭。

「從昨天到今天，伊思卡和希絲蓓爾都沒和我對上眼，這其中必定有蹊蹺。燐，關於這點妳怎麼看？」

「就小的看來，那才是應有的態度。」

隔桌而坐的燐將暗器排在桌上，然後一一進行保養。

這之中包括了十二把飛刀、細針、鐵線，以及裝了毒藥和安眠藥的膠囊等。她平時藏匿在身上的暗器之多，連愛麗絲都不禁暗自欽佩。

「希絲蓓爾大人原本話就不多，而帝國劍士也不能讓他和愛麗絲大人的關係曝光，所以才會刻意閉口不語吧。」

「本小姐不是在講這個。而是……該怎麼說，像是在隱瞞某些事情的感覺？」

那是在走廊上擦身而過時所感受到的氛圍。

妹妹的表情與平時不同。具體的時間點，大概是昨天伊莉蒂雅返回王宮之後吧。她像是下定了某種決心似的，展露出罕見的嚴肅神情。

……雖然很想直接去問伊思卡。

……但在這座別墅裡，本小姐可不能輕率行動。

他與自己待在同一個屋簷下。雖說之前已有過類似的經驗，但必須在傭人們的眼皮底下扮演「素未謀面」的關係，還是讓她感到喘不過氣來。

真是教人心急。

就算想偷偷將伊思卡找來問話，也得背負被希絲蓓爾的星靈竊聽對話的風險。

……哎喲，真是的。本小姐的妹妹居然有這麼棘手的星靈。

……沒辦法私下對話，竟然是如此麻煩的狀況。

但換個角度來看，這種能力也極為重要。包含女王暗殺未遂的事件在內，只要希絲蓓爾出馬，想必就能揪出真相。

至於被列為嫌犯的其中一人——

「燐，伊莉蒂雅姊姊大人目前狀況如何？」

「她已於昨日返抵王宮，但因為身體狀況突然欠佳，因此昨晚便在房內休息。」

燐將小刀收進裙子內側，並將鐵線藏入衣袖之中。

在愛麗絲看來，這些暗器就像被變了魔術一般，在轉瞬間消失在燐的手裡。這手法之卓越，確實稱得上是自己的護衛。

「女王陛下僅允許她靜養一晚，而那也已是昨天的事了，因此小的認為，她今晚應該會前往女王謁見廳接受詢問。」

「……差不多就是現在了呢。」

為何要將希絲蓓爾關到別墅中？

女王會親自這麼質問自己的女兒。就某方面來說，這可說是前所未見的異端審判。

「本小姐的心情實在不太愉快呢。」

「是。女王大人想必也是抱持著同樣的心情。她應該已經作好覺悟，在有必要的情況下，會不惜將親生女兒打入大牢吧。」

「…………」

嘴裡傳來一陣苦澀的滋味。

這是一場爾虞我詐的血親之爭。必須經常懷疑別人有所策謀，隱藏自己的真心——她怎麼樣都沒辦法習慣這種閉塞的感覺。

女王聖別大典早就已經開始了。

「燐，陪本小姐去洗澡吧。我想好好休——」

就在愛麗絲話說到一半的時候，眼前的通訊機發出了聲響。

而那正是緊急聯絡的通知——

＝

夜空的顏色漸深、漸濃，轉為深邃的黑暗。

肌膚感受到寒意。

白天被烘得熾熱的大氣，在太陽西沉後便逐漸失溫。

「伊莉蒂雅，妳可曾為夜晚感到害怕過？」

「不，母親大人有這麼想過嗎？」

「偶爾會冒出這種念頭。到了這個年紀，我也開始會害怕夜晚的寒意了。」

涅比利斯王宮。

此處——女王謁見廳並沒有裝設空調。女王米拉蓓爾曾為這百年延續至今的傳統感到疑惑，但近年來，她似乎逐漸明白這項規矩的意義。

——肉體已經衰老到會開始畏寒的地步。

女王謁見廳便是透過這種方式，告知女王交接時期的到來。

「衰老真是難以應付呢。我已經儘量讓自己看起來比實際年齡更為年輕，也時時提醒自己要鍛鍊體力。」

「母親大人。」

翡翠色頭髮的公主，輕輕露出了笑容。

「請別說這麼傷心的話。您若不再主政一段時期的話，女兒會很困擾的。」

「不，伊莉蒂雅，我之所以傷心，並不是因為肉體衰老的關係。」

「您的意思是？」

「我珍視的女兒們居然彼此互鬥，這才是我傷心難受的原因。」

空氣驀地冰冷下來。

女王以比夜晚寒氣更為冰冷的冰之嗓聲說道：

「伊莉蒂雅，妳為何要將希絲蓓爾關進別墅？」

「…………」

「我現在正在追捕兩名犯人。其一是八天前在此地引發軍事政變的凶手，其二則是向佐亞家洩漏希絲蓓爾前往獨立國家（阿薩米拉）資訊的犯人。而只要那孩子回到宮中，就能輕鬆揪出這兩名犯人的真實身分。」

但她卻從中作梗。

只要希絲蓓爾歸來，就會讓伊莉蒂雅感到頭痛——這樣解釋才是最自然的吧。

「關於軍事政變，應該能確定轟炸女王謁見廳的是佐亞家或是休朵拉家的成員吧。但問題在於另一點。爆炸是在我接近門扉的瞬間引發的，換句話說，女王謁見廳之中，很有可能有人通風報信。」

既然如此，又該怎麼向犯人下達指示呢？

答案就是那道聲音。

「再見了，露家的各位。」

那並不是軍事政變的宣言。

而是向門外傳達女王涅比利斯八世已經接近門扉的信號。

「伊莉蒂雅，妳的星靈做得到那種事呢。」

「…………」

「妳的能力可以假造假面卿的聲音。這真是一石二鳥之計。不僅能用那句話公然告知引爆的時間點，還能將這方面的責任推到佐亞家頭上。」

「母親大人，請聽女兒解釋！」

第一公主吶喊道。

她像是潰堤的水壩般，震顫喉嚨發出所有的音量喊道：

「我絕對、絕對不會懷抱那麼可怕的異心！況且在那個當下，若不是受到母親大人的守護，我早就成為那道爆風底下的一具焦屍了！」

「…………」

「您應該也明白吧？襲擊母親大人的那場爆炸若是得逞，我也會成為其中的犧牲者；就算母親大人平安無事，最後也會像這樣將矛頭指向我。無論結果為何，不是只會對我不利嗎！」

「……妳說的確實有道理。」

女王嘆了口氣。

「對不起，伊莉蒂雅。我也很想相信妳不是犯人，但就現狀來說，妳仍然無法擺脫嫌疑人的身分。」

「若是要下禁足處分，女兒會虛心接受。在妹妹們回來之前，我絕不會踏出房間一步。」

「關於希絲蓓爾——」

「母親大人，『請轉告她已經可以回來了』。」

長女露出了甜美的微笑。

她轉頭看向背後的鐘塔，確認現在的時間。

「——來得剛好。」

「咦？」

女王還沒來得及參透女兒這聲低喃的意思。

——魔女的樂園便激烈地搖撼起來。

劇烈的衝擊伴隨著轟然巨響，劈裂了夜空。

「什麼！」

幾乎要將涅比利斯王宮的地基為之翻覆的地鳴，讓女王米拉蓓爾登時失去了平衡。

「這……怎麼可能……」

地震？不對。

曾在烈焰沖天的戰場奔馳過的星靈使——米拉蓓爾．露．涅比利斯八世還記得，這是帝國軍的砲擊。

但這裡可是涅比利斯皇廳的中央州。

過去不曾讓帝國軍入侵的聖域。這究竟是為何——

「怎麼會……竟然有這種事！」

她跑下女王謁見廳的階梯來到二樓。

女王從甫修繕完畢的窗戶向下望去，在看到映入眼簾的熾焰後，她這回真的說不出話來。

王宮陷入了火海之中。

數以億計的火星飛上半空，夜晚的中庭被烈焰包覆。

王宮外側的市鎮並沒有任何騷動。

就只有這座星之要塞受到了帝國軍的集中砲擊，熊熊燃燒了起來。

Secret 「侵略計畫 －48小時前和24小時前－」

時間回到約兩日前——

在第九〇七部隊被招待至露家別墅的這天早晨。

「帝國軍似乎已經穿越皇廳國境了呢，而且據說都是使徒聖率領的精兵。」

「挺順利的啊，再來就等他們進攻了。休朵拉家（我等）就靜靜地遵守禁足處分，留在塔內吧。」

在受到朝陽照耀的露臺上，一對貌美的男女宛如正在對戲。

這裡是休朵拉家的根據地——太陽之塔。

「畢竟無論如何，都得將女王消失的原因歸咎在帝國軍身上才行啊。」

高頭大馬的壯年男子緩緩坐到了椅子上。

他是休朵拉家的當家——「波濤」的塔里斯曼。

極難駕馭的純白色西裝沒有一絲皺折。他有著輪廓深邃的五官，形狀威武的眉毛，以及打理整齊的深色銀髮。以四十歲的年紀來說，他仍散發著濃郁的男人味。

「麻煩的是妳的兩位妹妹啊，特別是小愛麗絲呢。」

「是的。純就實力來說，她恐怕也是露家的第一人呢。我身為姊姊都要引以為傲呢。」

坐在他對面的，則是第一公主伊莉蒂雅。

就連蹺腳的動作都像是經過精心計算，使她顯得豔麗無比。

「她若是死守在女王身旁，那麼帝國軍就無法動手了。說起來，對於帝國軍來說，涅比利斯王宮原本就是一座難攻的要塞呢。」

「那妳是否能想方設法，將小愛麗絲和女王分開一陣子呢？」

「關於這件事呢。」

伊莉蒂雅探出身子。

她將身子前傾，像是在刻意炫耀似的，大膽地露出雙峰之間的深谷。

「我呀，打算去露家的別墅放個長假呢。」

「背後的意圖是？」

「塔里斯曼卿，您雖嫌愛麗絲礙事，但希絲蓓爾才是最該優先排除的。一旦希絲蓓爾回到王宮，休朵拉家就到此為止了。只要女王謁見廳爆炸案的前因後果徹底曝光，休朵拉家應該會遭到放逐吧？」

涅比利斯八世的政權將會變得牢不可破。

如此一來，帝國軍趁著王室陷入混亂入侵皇廳一事，也只能化為泡影。

「我會抓住希絲蓓爾前往露家的別墅。簡單來說，就是會妨礙她回到王宮中。這樣一來，肯定就會發生非常有趣的事情吧？」

「………………」

休朵拉家的當家抵著下顎稍作思考。

這陣沉默僅僅過了數秒。以足智多謀聞名的這名男子，在極短的時間內就看透了伊莉蒂雅的心思。

「原來如此。那麼，為了抓回任性妄為的妳，小愛麗絲肯定會採取行動──也就是讓她離開女王身邊，前往別墅的意思？」

「您果然厲害。屆時，待在城裡的就只剩下涅比利斯八世了。」

她有辦法讓愛麗絲莉潔這名最強戰力離開王宮。

不僅絆住希絲蓓爾的步伐，還能將愛麗絲莉潔這枚棋子從女王身邊挪開。

「將小愛麗絲和小希絲蓓爾同時誘至別墅，讓帝國軍趁隙襲擊女王。原來如此，確實是一石二鳥的妙計。」

「哎呀，您可真是的。」

伊莉蒂雅笑出聲來。

那是美麗而優雅的笑容。

「這是『一石四鳥』喲。」

「哦？」

「您很快就會明白了。只需僅僅一著，『將第三公主鎖在露家別墅』——就能使得現任女王的政權崩壞。」

「如此一來，馬上就得召開女王聖別大典了呢。佐亞家應該會派出精心栽培的人選，但露家又如何呢？小伊莉蒂雅，妳會上場嗎？」

「不。」

露家三姊妹的長女果斷地搖了搖頭。

「我已經對皇廳感到膩了。只要能加以摧毀，我對之後的情況毫無興趣。後續就全部交給您處理了。」

「這句話可真是教人開心啊。既然如此，至少讓我派個人護送妳回到星之塔吧——奧爾涅克隊長。」

休朵拉家當家打了個氣派的響指。

在餘音融入朝陽的同時，一名身穿西裝的男子跪在伊莉蒂雅的面前。

「初次見面您好，伊莉蒂雅公主。」

「你是哪位？」

看到突然現身的男子，伊莉蒂雅歪起脖子，做出一頭霧水的反應。

此人並非以王宮守護星為人所知的王室護衛。然而，近衛兵也不會穿著這樣的禮服。

「他是休朵拉家私下僱用的諜報部隊隊長。以護衛來說，他有一流的實力，而作為刺客的實力則是超一流。」

「原來如此。若有這般實力，推薦去擔任王宮守護星也只是浪費人才呢。」

王宮守護星是最高階級的護衛。

其職階類似帝國軍中的使徒聖，不過一旦成為王宮守護星的一員，該員的名字就會立刻傳遍四下。為了避免過於張揚，塔里斯曼才會刻意將他放在手邊，做一個不為人知的棋子吧。

「他想必也聽見我們的對話了吧？」

「無須擔心，他是專屬於休朵拉家的人員，絕不可能向外聲張。不過，至今也不存在能用實力壓制住他的人，他的實力就是如此高超。」

身穿西裝的護衛站起身子。

男子的動作優雅而洗鍊，符合諜報部隊給人的印象。

「奧爾涅克護衛隊長，慎重地將這位公主護送至她的住處。」

「這可真是光榮呢……那麼，我就按照原訂計畫，前去度假囉。」

「嗯。之後就等待帝國軍的動作吧。」

涅比利斯女王活捉計畫。

讓滲透至中央州的帝國軍抓住女王後，再為露家安上國家混亂罪使其名譽掃地，如此一來，就能讓新任女王誕生。

這是三個世代前——

休朵拉家幾乎策劃了半個世紀之久的計畫，到今天才終於開花結果。

而在隔天——

帝國軍正式攻打涅比利斯王宮的前一晚。

休朵拉家的諜報部隊隊長奧爾涅克收到了祕密指令。

這一天是伊莉蒂雅從別墅回到王宮的日子。他在伊莉蒂雅離開後，便立刻潛入別墅，遵照指令監視第三公主。

被休朵拉家當家塔里斯曼評為超一流刺客的這名男子——

「——真是無聊。」

「被人踩在腳下」。

他倒在庭院的地上，承受著腦袋被鞋底踐踏的恥辱。

「以暗殺女王為目的的軍事政變——雖然我猜到策劃者是始祖後裔的某人，原來真相是這麼回事。原來那是將帝國軍誘入皇廳的前置作業。」

「……你……你居然……為何會在這裡！你難道打算將米拉蓓爾——」

「吵死人了。」

他伸腳一踹。

在後腦勺被狠狠地踢了一腳後，休朵拉家的刺客就此失去意識。

「『能直呼女王（米拉蓓爾）名諱的就只有我一人』。你這麼做並非對女王不敬，而是對我不敬，給我好好記住這一點。」

在淡淡的月光底下——

白髮美男子像是受到了來自夜空的祝福一般，在月光的輝映下悠然而立。

超越的魔人薩林哲。

他是三十年前入侵涅比利斯王宮，襲擊了前任女王的重罪之人。其年齡明明已過五十，但自二十來歲便鍛鍊得極為結實的體魄和美貌非但未顯衰退，反而打磨得更為精實。

「始祖的後裔，休朵拉之血……」

他再次踹了刺客的腦袋一腳。

不僅撂倒了休朵拉家的精兵，他本人還絲毫未受一點傷，甚至連大衣都沒沾上一點塵埃。

「哈！我還在想到底是誰在穿針引線，看來果然是休朵拉家的後裔啊。」

他惡狠狠地說道。

薩林哲已從這名休朵拉的部下口中獲取了想要的資訊，而一切都如他所料。

「『一切都和三十年前（那個時候）一樣』啊……」

他轉過身子。

露．艾爾茲宮的宅邸，在夜燈的照耀下映出了朦朧的輪廓。

「…………」

明明沒有此意，但與「她」有關的記憶仍從心底緩緩浮現。

那一天的對峙，也是發生在這樣寧靜的夜裡。

「真是窮追不捨。薩林哲，你打算追我追到這座別墅裡嗎？」

「我追的不是妳，而是妳身上的星靈啊，『米拉』。」

「又要找我對決？不好意思，我不奉陪。」

「……什麼？」

「這座別墅是我重要的休憩之處，若是染上汙漬可就頭痛了。要對決的機會還多的是，反正不管來幾次，我都會把你打倒的。」

那是三十年又幾個月前的事。

在這座宅邸迎擊薩林哲的少女——米拉蓓爾是那麼美麗。

而且她極為強大。

那指的並非星靈的強度，而是她身而為人的信念實在是強韌異常。在年僅十三的當下，她恐怕就已經成了史上最強的女王候選人。

那是薩林哲生涯中唯一一次成為「挑戰者」的時代——

「……嘖！」

「不像個野蠻人強行出手，而是願意就此收手這點，也是你的高潔之處呢。」

「妳打算愚弄我嗎？」

「我是在稱讚你。我並不討厭你這樣的人格特質。」

「…………」

「我們改天再戰吧？時間和地點要怎麼決定？可以的話，我希望能挑個好日子啊。」

「……眞無聊，決鬥居然還要挑日子？」

「是啊。某位藝術家曾説過，決鬥與結婚是極爲相似的事。爲了不讓彼此感到後悔，眞希望能挑個完美的日子呢。」

「哈！這是妳與我的決鬥，或是一場戀愛故事……妳打算這麼表現嗎？」

「再增添點詩意吧。『這是妳與我的最後決鬥，或是戀於世界的聖戰』──若不好好修飾幾句，聽起來就不夠相稱對吧？」

那明明應該是賭上性命的決鬥。

薩林哲為了從名為米拉的少女手中奪走星靈而發難，她則是擊退自己。兩人就這麼重複上演相同的戲碼。

曾幾何時。

他深深迷戀上開戰的那一瞬間，甚至萌生了讓這樣的關係永遠持續下去的念頭。

然而──

三十年前的「女王七世暗殺計畫」，讓這一切都亂了套。

「『那時是利用我，而這次則是用帝國軍當幌子』，好取女王的性命啊？真是可笑啊，休朵拉。明明是象徵太陽的後裔，卻堅持走陰暗路子取得王座。」

想必不會有人察覺吧。

這場帝國軍的侵略，其實就是休朵拉家一手策劃的好戲。

「你爲什麼要這麼做！薩林哲！快回答我！」

「…………」

「爲何要犯下如此蠻橫的行爲！爲什麼襲擊的不是我，而是女王……我一直相信，你是不會做出這種事情的男人呀！」

和三十年前的狀況一樣。

窮凶極惡的魔人薩林哲，為了奪取該任女王的星靈而闖入王宮之中——這樣的故事流傳到了後世。

目睹了現場光景的少女米拉也深信不疑。

——他沒有訴說真相的打算。

兩人早已分道揚鑣。

他們在那一瞬間失去的「聖戰」，再也沒有回歸的可能性了。

「米拉……不，女王米拉蓓爾啊。」

他轉身背向宅邸。

這裡是少女（米拉）心愛的腹地，對走上岔路的自己來說並不相稱。

「妳是這個國家的女王。妳就賭上性命，守護妳深愛的理想吧。我是不會插手的。」

白髮美男子調轉腳步。

窮凶極惡的魔人薩林哲，將視線投向遙遠的涅比利斯王宮。

而在二十四小時後——

魔人所凝視的星之要塞，在帝國軍的侵略下，被一片火海所包覆。

Chapter.5 「樂園崩潰的開端」

1

「愛麗絲，妳要聽好了——」

握著通訊機的手不停顫抖，遲遲無法平復。

不曾感受過的緊張感讓呼吸變得困難，映照在連身鏡裡的自己（愛麗絲）已經失去血色，呈現出鐵青的面容。

「帝國軍……？王宮受到襲擊了……？」

『有這樣的可能性。事發突然，我也還未掌控全貌，只能確定王宮正在遭受砲擊。』

通話的對象是女王。

她從女王謁見廳俯視窗外，同時立刻聯絡愛麗絲。

……一旦出現了意料之外的狀況，女王便會依照慣例召集部下。

……畢竟收集資訊是第一要務。

但女王卻不惜捨去這項慣例，也要優先和愛麗絲取得聯繫。

理由不言自明。

因為她極需對抗帝國軍的王牌——對帝國軍來說最具威脅性的「冰禍魔女」愛麗絲莉潔這名戰力。

「燐！快點備車！」

「小的這就去辦。」

隨從立即衝出房間。

『還不曉得敵軍的規模有多大，也還不明白帝國軍是透過何種手段穿越國境，但這些疑問就先擱在一旁了。』

「女王陛下！」

愛麗絲對著通訊機吼道：

「女兒會在兩個小時內抵達，所以……還請您一定要平安無事！」

『我原本就是這麼打算。』

隨著一聲悶響，通話被掛斷了。

這段對話的時間恐怕還不到兩分鐘，而愛麗絲從女王那兒得知的資訊也相當零碎，因此她還無法釐清現在的狀況。

「……偏偏挑在這種時候！」

原本被夜風吹得發寒的身子，如今受到沸騰般的血液流竄，再次恢復了熱度。

這是何等不湊巧。

愛麗絲是前天才離開王宮來到別墅。僅僅兩日不在的期間，帝國軍居然就來襲。

……帝國軍早就知道冰禍魔女（本小姐）不在宮內了？

……不對，這怎麼可能。知曉我動向的，就只有露家的成員而已呀。

當成是偶然吧。

若是朝陰謀論思考，只會徒增迷惘。首要目的很明確，那就是以最快的速度返回王宮，擊退敵人。

「母親大人，您一定要等我！」

她握緊通訊機跑出走廊。

她從西廂房的三樓跑下階梯前往玄關，就在要拐過最後一個轉角的時候，愛麗絲沒能注意到從另一側冒出的人影。

那是一名黑褐色頭髮的少年。

「哇！」

「伊思卡？」

以全力疾奔的愛麗絲沒能煞住腳步，要不是伊思卡及時後退，兩人恐怕就要在玄關前的走廊撞成一團了。

在擦身而過後，愛麗絲反射性地看向他所在的走廊。

「不會吧」。

「愛麗絲？妳怎麼會在走廊上跑得這麼急促？」

帝國士兵一臉困惑地凝視自己。

而愛麗絲則是直直地看向他。帝國軍侵略皇廳，與伊思卡這支帝國部隊待在皇廳一事存在著共通點——

這怎麼看都不像是毫無干係。愛麗絲實在無法認定這只是單純的偶然。

……難道是你嗎？是你的同伴所策劃的計謀？

……是你讓帝國軍潛入國境的？

她的臉龐自然而然地變得僵硬。

而眼前的伊思卡應該也察覺到她的變化了吧。

「……愛麗絲？」

「本小姐現在要返回王宮。」

她用上了幾乎足以憋壞喉嚨的力道，總算沒讓聲音變得顫抖。

「和我做個約定。『本小姐希望你和這件事沒有任何關係』，所以，你如果想主張自己的清白，就留在這間屋子裡，不要往外踏出一步。」

「呃，妳到底在說——」

「絕對不要出去。要是你做出和帝國軍聯繫的行為，本小姐絕對饒不了你！」

「帝國軍？愛麗絲，那是什麼意思？到底發生什麼事了？」

「——」

他伸出手。

就在指尖即將觸及自己的那一瞬間，愛麗絲轉過身子甩開了他的手。她背著對伊思卡，咬緊嘴唇。

沒時間了。現在連質問伊思卡的空檔都不剩了。

……不對，愛麗絲，其實妳內心很明白吧？

……這件事和伊思卡無關，更遑論他的部隊了。

光是看上一眼就能明白。

那是一張什麼也不曉得的臉孔，並不是在試圖掩藏某些事的神情。她知道這個名為伊思卡的帝國劍士相當笨拙，甚至連個謊都撒不好。

所以，自己現在最該做的，就是立刻趕往王宮。

愛麗絲像是要從一臉愕然的伊思卡身邊逃開似的，沿著宅邸正面的階梯向下跑去。

她來到了昏暗的前庭。

「愛麗絲大人，車子在這裡！」

將車子停住的燐揮手說道。

愛麗絲將駕駛交給燐，自己則是跳進空蕩蕩的後座。

「通往王宮的車程也許會遭到帝國軍妨礙，小的會開得有些急，還請見諒。」

「我的衣服呢？」

「收在防震箱裡面。小的無法為您更衣，還請在行車時自理。」

以白色為基調的戰時王袍。

這是配合第二公主愛麗絲莉潔體型訂製的衣物，為了讓星靈部隊能在夜晚看見，整件衣服都用能反射微弱光芒的發光纖維製作。

「燐，加足馬力，要在兩小時以內抵達。」

「遵命！」

王族專車向前行駛。

愛麗絲眺望防彈玻璃前方的夜空好一會兒後，緩緩閉上眼睛。

＝＝

在露・艾爾茲宮的階梯前大廳——

「愛麗絲？她是怎麼了？而且為什麼會提到帝國軍這個字眼……」

金髮魔女並沒有吐露內情。

不對，她曾張口了一瞬間，像是打算說些什麼，但隨後便把話語吞了回去，並在轉瞬間跑出宅邸。

……那狀況顯然很不尋常。

……她臉上的表情沒辦法用單純的「憤怒」或是「悲傷」來形容。

而且她還提到了「帝國軍」這個詞彙。

「伊思卡，你怎麼了？都晚上了還發出這麼大的聲音，連走廊上都聽得見喔。」

第三公主順著走廊走了過來。

她似乎正要去洗澡的樣子，手裡還抱著裝有換洗衣物的包包。

「對了，希絲蓓爾。」

「呀啊！你、你做什麼呀，伊思卡……啊，難道……你終於決定要當我的部下了？」

「我有事要拜託妳，麻煩妳和我走一趟愛麗絲的房間。」

「什、什麼？」

被伊思卡抓住肩膀的少女困惑地眨了眨眼。

「你剛才被姊姊大人叫住了嗎？」

「……那應該是幾分鐘前的事，我希望妳能去愛麗絲的房間，重現不久前發生過的事。」

2

矗立在涅比利斯皇廳的「星之要塞」——

在百年前獨立建國時，由無數星靈化為結晶所砌成的這座堡壘，是一座人類難以想像的有機物質。

若要打個比喻，就像是長在陸上的珊瑚。

像是生長在湛藍大海中的美麗珊瑚礁一般。

矗立的星之要塞以漆黑夜空為背景，像是珊瑚礁一般，正綻放著鮮豔的七彩光芒。

「哇～喔，這還真是堅固耶，而且還亮得要命，根本不用打燈呢。」

涅比利斯王宮的外緣處。

即使承受了帝國軍的機槍掃射，牆壁也沒有留下一點傷痕。即使有些許剝落的碎片，也在星靈之力的修復下慢慢恢復原狀。

宛如野獸般野性十足的女性士兵，正仰望著固若金湯的星之要塞。

「小無名。」

她看著前方，但搭話的方向卻是理應無人在場的身後。

使徒聖第三席「驟降風暴」——冥。

這名女兵有著超越常人的五感，即便是看不見的存在無聲佇立，也逃不過她的偵測。

「你這不是比預訂的集合時間晚了六十五秒嗎？很不像你的作風耶。」

『還在誤差的範圍內。』

帶有魄力的重低音嗓聲，從冥的身旁傳來。

沒有任何一名星靈部隊察覺到，以光學迷彩隱蔽全身的使徒聖無名就站在該處。

『包含前庭在內，總腹地大約有五十萬平方公尺的大小。目前鎖定十七個位置展開密集砲擊，但為了穿越國境，士兵們攜帶的武器都受到了限制。』

「這不是事前就知道的事嗎？這構不成你遲到的理由吧？」

『是防火性的問題。』

「嗯？很難燒的意思？」

『「這座要塞是活的」。就算潑了汽油點火，也只能燒出小小的火苗罷了。』

涅比利斯王宮是微小星靈們所居住的巢穴。

在感受到火災發生的時候，星靈們便會為了撲滅火勢而集中過來。

然而——

兩名使徒聖的背後，如今正噴發出宛如火山噴火一般的大量火星。

無名提到的十七處目標，都是帝國的刺客部隊預先潛伏了好幾個小時，並在收到信號後同時開砲的地點。

『我臨時決定改用燒夷彈，這就是晚到六十五秒的理由。』

「這樣喔，那就算了。不過，那個燒夷彈不是用來攻陷主堡，也就是女王所在的城池所使用的祕密武器嗎？」

『管他的。』

冷淡的回答。

雖然聽起來很不負責任，但這點失算還不至於讓計畫產生動搖。這是帝國軍首次與要塞交火，會出現失算可說是理所當然。

而他們這些使徒聖之所以會來到這裡，便是為了以蠻幹的方式擺平這些失算。

「奇怪，小約海姆呢？」

「他已經先走一步，前往主堡的女王宮囉。」

這時，又有一名女性使徒聖朝著染成深紅色的腹地前進。

使徒聖第五席——璃灑。

「他好像領著機構第六師的精兵，著手破解敵方的防衛陣線了。」

「無妨，反正人家很快就會追過去了。」

冥身穿露肩戰鬥衣，秀出尖銳的虎牙冷冷一笑。

「小璃灑也要和人家比賽嗎？來比誰先抓到女王吧！」

「不用了。」

「那小無名要來比嗎？」

『隨妳便。妳還有那個心情的話就去比吧。』

不用槍枝的格鬥術高手，也在這時做出了嗤之以鼻的反應。

『待在這座王宮裡的，全都是一群怪物。倘若不謹慎行事，可是會偷雞不著蝕把米。尤其妳的肉體又被歸類為機密，「可別太鬆懈了啊」。』

「你說人家會輕忽大意？才不會呢。」

在夜晚之中，冥的瞳孔緩緩地發出光芒。

就像是一同凶猛的野獸。

「這可是動真格的狩獵魔女活動。就讓我們去看看始祖後裔到底都是什麼妖魔鬼怪吧。」

有史以來第一次——

星之要塞「涅比利斯王宮」，受到了帝國軍的襲擊。

3

露・艾爾茲宮——

次女愛麗絲莉潔的房間並沒有上鎖。這是因為房主（愛麗絲）急於離開，甚至捨不得花費幾秒鐘的時間上鎖的關係吧。

這座房間裡。

正在「重播」女王和愛麗絲令人心神不寧的對話。

距今僅是短短幾分鐘前的過去——

「愛麗絲，妳要聽好了——」

「王宮目前受到了某方勢力的砲擊，陷入了一片火海。」

「那與帝國軍的砲擊非常相似，十之八九是他們所爲吧。」

影片到這裡便停住了。

這並不是影片播放到了盡頭，而是身為施術者的少女因為大受打擊而失去集中力，使得星靈術的效力直接中斷的緣故。

「…………帝國……軍……？」

第三公主希絲蓓爾聲音嘶啞地說道。

她甚至失去了支撐自己身軀的力氣，整個人跪倒在地。

「怎麼會……」

「等、等一下！人家沒辦法相信耶！」

米司蜜絲隊長扯開嗓門大喊：

「我們什麼都不曉得喔！這、這是真的喔！因為我們和希絲蓓爾小姐，明明是到了獨立國家才結識的呀！」

「……我沒有要將責任歸咎在第九〇七部隊身上的意思，米司蜜絲隊長。」

少女坐倒在地毯上頭，虛弱地抬起臉龐。

「我一直都有在監視你們的行動。你們自從抵達獨立國家之後，就從未與帝國司令部取得聯繫，而我也不懷疑你們確實在放長假的事實。」

「那、那麼……」

「還請各位回想一下伊莉蒂雅姊姊大人說過的話。」

「其實呀，我曾有一陣子和帝國軍相處得很好喔。」

「『只要乖乖待在宅邸』，隨從就會回來。」

換句話說——

她要一行人對王宮遭到攻打一事袖手旁觀。

之所以將抵達中央車站的第九〇七部隊帶到別墅，是因為同為帝國兵的伊思卡一行人，說不定會認出入侵中央州帝國軍的長相。

要是真的打到照面，帝國軍入侵一事就會浮上檯面吧。

「————伊莉蒂雅姊姊大人！」

第三公主的吶喊聲撕裂了空氣，在房中迴蕩不已。

「我……我看不透姊姊大人的心思！妳難道打算背叛母國嗎！這到底是——」

槍聲響起。

尖銳的破空聲從外牆處傳了過來。

「咦？」

淚眼汪汪的希絲蓓爾看向窗戶。對於不曾上過戰場的公主來說，她想必無法在瞬間認出那是槍聲吧。

「蹲下。」

「呀啊……！你、你這是在做什麼！」

被陣按住頭部的第三公主掙扎道。

「別靠近窗戶。要是把臉抬起來的話，妳立刻就會變成蜂窩。保持蹲姿走出房外，往走廊的方向跑。」

「我、我在問這到底是什麼意思！」

「音音我聽到了混雜在槍聲之中的電子音喔。那是ＴＨ76型突擊步槍……不對，我想應該是87型才對。」

音音將身子貼在客廳牆上說道。

如此回答的同時，她看向陽臺的表情也變得嚴肅起來。

「也就是帝國製的槍枝喔。」

「什麼！」

「不只是王宮，連這間宅邸也被列為襲擊目標了。」

「這、這可不是開玩笑的啊！待在這間宅邸裡的，幾乎都是沒有武裝的傭人們呀！居然連一般平民都敢出手襲擊，帝國軍也未免太過凶殘了吧！」

「所以我才要妳閉嘴快跑。隊長。」

陣推著希絲蓓爾的背，同時拉著米司蜜絲隊長的手，朝走廊前進。

就在這個時候。

——咚答。

耳邊傳來有東西在三樓陽臺「著地」的聲響。

「他們從後院繞進來了。伊思卡。」

「知道了！」

伊思卡氣勢洶洶地拔出黑之星劍。

客廳裡驟然閃過一道劍芒，緊鄰陽臺的窗簾隨即遭到劈裂。

窗簾落到了地面。

而在玻璃落地窗的另一側，可以看到帝國軍的精兵混在夜色中，正緩緩爬上陽臺的身影。

……是機構第三師的戰鬥衣。

……偏偏是我們的同事啊，還真是禍不單行！

他沒辦法出手。

「噫！」

對方的槍口對準了發出慘叫的希絲蓓爾。

在帝國兵連同玻璃窗射穿希絲蓓爾之前，伊思卡已經早一步衝到了玻璃落地窗前。

「喝！」

兩劍揮出。

伊思卡以劍擊碎的，是帝國部隊眼前的玻璃落地窗。他並不是以劍刃劈砍，而是刻意用劍身擊打，將玻璃落地窗打成碎片。

玻璃碎片形成了火網。

數百片玻璃碎片朝著於陽臺著地的三名帝國士兵砸去。

「等等，我們也是帝國軍！我們是機構第三師第九〇七部隊，在遠征獨立國家阿薩米拉的途中遭到俘虜！」

伊思卡對著頭戴夜視鏡的帝國士兵們高聲喊叫。

快點住手。

他抱持著這樣的心思伸出手臂。

「我可以報上我們的帝國居民碼，請立刻在場確——」

「退開，伊思卡！」

要不是銀髮狙擊手用吼聲提醒。

即使強如伊思卡，恐怕也會被近距離發射的槍擊打穿身軀。

「『這些傢伙不是帝國兵』！」

對方的槍口指向伊思卡。

明明應當是同志的機構第三師，瞄準了同一單位的伊思卡。

——第二陣槍響傳來。

發出慘叫倒地的，是三名全數肩膀中彈的帝國兵。陣擊中了其中兩人，而身後的音音則是擊中另一人。不出數秒的時間，陣就以行雲流水的動作對中彈倒地的三人下巴施以踢擊，讓敵方昏了過去。

「……得、得救了嗎？」

希絲蓓爾戰戰兢兢地看著頻頻抽搐的三人，這才鬆了口氣。

「……即使面對同事，你也毫不留情呢。」

「沒聽到我剛才說的嗎？這些傢伙根本不是帝國兵，只是徒有其表而已。」

「咦？」

「TH87型突擊步槍雖然是帝國軍的制式配備，但槍枝的重心刻意偏向槍口，得掌握訣竅才能射得準。這是為了避免被戰場上的星靈部隊撿去所使用的設計。」

「……居然連一把手槍都設下了這樣的機關啊？」

「『但這些傢伙不曉得有這回事』。」

陣踩著仰躺在地的士兵胸口說道。

正因為是第九〇七部隊裡最精通槍枝的成員，陣才能頭一個察覺異常之處。

「只要看他們舉槍的動作就明白了。這些傢伙根本沒好好用過帝國的槍枝。」

「可、可是他們的衣著……？」

「不是微妙微俏的仿製品，就是從戰場上搜刮來的吧。這些槍枝也一樣。喂，伊思卡。」

「我知道。」

他摘下夜視鏡。

伊思卡瞥了理著平頭的壯年男子，接著與陣對看了一眼。

——沒有印象。

但機構第三師的兵員眾多，他們也沒把握能記住所有人的長相。

「伊思卡哥，陣哥！」

摘去另一人夜視鏡的音音指著男子的臉頰喊道。

只見男子的臉上有著宛如刺青一般的星紋。

「這下就真相大白了。雇主小姐，看來這些傢伙不是帝國部隊，而是妳們國家的星靈部隊。妳對這個人有印象嗎？」

「……我沒見過。恐怕根本不是星靈部隊的成員。」

「我姑且作個確認，妳沒在裝蒜吧？」

「我、我是說真的！我可不打算袒護企圖奪取我性命的匪徒！我可以斷定，王宮裡並沒有這幫人存在！」

就連公主都不認識的刺客。

既然不是露家的成員，那該懷疑的就是其他勢力了吧。

……但有點奇怪。

……愛麗絲不是已經從女王那邊得知王宮遭到帝國軍攻打的消息了嗎？

但這裡的狀況卻對不上資訊。

襲擊宅邸的帝國軍，其實是星靈部隊假冒的。

「希絲蓓爾，妳覺得攻打王宮的帝國軍，也可能和他們一樣是冒牌貨嗎？」

「……我認為，襲擊王宮的應該是真正的帝國軍。」

公主鐵青著臉，俯視著倒臥在地的三名刺客。

「畢竟涅比利斯的女王都親口推測是帝國軍了。據說她年輕的時候曾久歷戰場，敵人若是徒有其表的冒牌貨，應該會立刻被她看穿才是。」

「王宮那裡的是正牌帝國軍，而這裡的是冒牌貨？到底是怎麼回事？」

但該做的事情倒是擺在眼前。

毋寧說，既然襲擊這裡的並非帝國軍，那他們反而少了後顧之憂。

「大家，人家聽到一樓傳來槍響！」

「他們已經入侵宅邸了！」

探頭窺伺走廊的米司蜜絲隊長大聲喊道：

「這對我們來說反而有利。把他們一個不留地全部抓起來，逼問出幕後黑手的身分吧——伊思卡。」

「我知道。」

伊思卡和扛著狙擊槍的陣一同衝進走廊。

腳步聲響徹四周，並朝著此地逐步靠近。伊思卡算準了人影要拐過轉角的瞬間，朝著對方衝撞上去。

「咕唔！」

「太慢了。」

在假冒帝國士兵的男子舉起不熟悉的帝國槍枝之前，伊思卡便一腳踹上他的胸口。

接著一鼓作氣衝向第二人。

「『不如改用星靈術如何』？」

「——混蛋！」

底細被揭穿的動搖，加上受到帝國兵挑釁而激動的情緒。

隸屬星靈部隊的男子扔下槍枝，伸出雙手。

……沒錯，這是有必要的。

……你主動暴露了自己身為星靈使的事實。

只要有希絲蓓爾的星靈術，就能重現這場戰鬥的始末。這能作為對方並非隸屬於帝國部隊的證據。

「證據夠充分了。」

子彈從伊思卡的頰旁掠過。

來自背後的槍聲震響走廊，而手臂中彈的星靈使則是緩緩倒下。後方掩護——這是來自陣和音音的射擊。

「希絲蓓爾，那些傭人女孩的狀況呢？」

「她們應該都被槍聲吵醒了。傭人房位於宅邸深處，所以應該暫時不會有事。」

「那麼就趁現在直接推進到正面玄關。希絲蓓爾，妳跟在我們後面。音音和隊長，最後面就麻煩妳們了！」

鄰接正門的大廳與宅邸裡所有的通道相連。

只要能拿下該處作為據點，就能阻礙敵方入侵的路線。

「腳步聲停了啊，看來是轉為採取埋伏戰術了。」

跑在走廊上的陣這麼說道：

「他們若打算從遠距離開槍，就交給我來對付。若是於中距離施放星靈術，就交給伊思卡來解決。」

「了解。」

在拐過轉角後，亮光映入了眼簾。

即使已經過了熄燈時間，正面玄關的大廳仍是燈火通明，顯然是有人待著那裡。

——不管是誰都照砍不誤。

伊思卡調整好心態後，隨即蹬地衝向大廳的二樓平臺。然而，眼前是一片出乎意料的光景，甚至讓伊思卡懷疑起自己的眼睛。

「這些士兵究竟是……！」

他從二樓俯視一樓大廳。

在吊燈的照明下，可以看到身穿帝國軍服的刺客全數放開手中的槍枝，七零八落地橫臥在地毯上。

總數為七人，所有人都失去了行動能力，一動也不動。

唯一站在大廳之中的，是將白西裝穿得相當好看的壯年男子。

「嗨，小希絲蓓爾，真是危險呢。」

壯漢有著一張宛如影星一般的端正臉孔，還散發著柔和的紳士風範。

「我是休朵拉家的當家塔里斯曼，收到女王親自委託的救援命令後便趕赴過來。小希絲蓓爾，妳沒事吧？」

「塔里斯曼卿！」

「應該沒受傷吧？女王也很擔心妳喔。」

希絲蓓爾在階梯的轉角平臺上發出驚呼聲。

自稱塔里斯曼的男子仰望公主，露出了雲淡風輕的微笑回應：

「不過妳可以安心了。雖然王宮目前陷入了水深火熱的狀況，但我會保護妳的安全。」

「……您指的是帝國軍的事對吧？」

「沒錯。從帝國部隊朝著王宮集中火力來看，他們的目的想必是女王和親信們吧。妳最好也要有自己被當成目標的打算——女王是這麼交代我的。」

「女王親口說的？」

「沒錯，我們快點動身吧。雖然撂倒了在場的刺客，但不知何時會派來追兵，請快點坐上我的車——」

「唔！」

希絲蓓爾站在轉角平臺上，肩膀驀地一顫。

她戰戰兢兢地看著自己的左手背。之所以會感到吃驚，是因為銀髮狙擊手不發一語地握住自己的手，示意她「別去」。

「怎麼啦？你們幾位是小希絲蓓爾的護衛吧？」

「這也是護衛的分內事，只要給我們二十秒就夠了。我有兩件事想和你作個確認。」

陣讓護衛對象（希絲蓓爾）退到伊思卡身旁。

隨即站到了樓梯轉角平臺的前緣說道：

「你既然自稱是休朵拉家的當家，又要怎麼解釋碧索沃茲在第八州（黎世巴登）襲擊我們的行為？」

「我已經在異端審問會上向女王等人報告過了。我不曉得她為何會做出如此荒唐的舉動，而外貌變得判若兩人云云也是難以置信。」

「我知道了。另外還有一件事。」

「但問無妨。雖然時間緊迫，但若能證明我的清白，那不管是什麼問題我都樂於回答。」

「——蠢貨。」

陣吊起唇角。

狙擊槍的槍口對準了階梯下方的男子。

「涅比利斯皇廳軍事政變的『幕後黑手有兩人』。一個是伊莉蒂雅，『另一個就是勾結帝國軍的你』。」

這並不是質問。

陣所拋出的話語，是向流有始祖血脈的魔人發起的宣戰布告。

「……咦？等、等等，這是什麼意思？」

「『妳閉嘴乖乖聽好』。」

被這麼一喝，希絲蓓爾登時安靜下來。

她應該是察覺到，陣的這番對白不是解釋給塔里斯曼聽，而是為自己釐清真相。

「現在襲擊王宮的是真正的帝國軍，若是如此，那為何襲擊這座宅邸的卻是扮成帝國軍的星靈使？無論是在軍事政變還是碧索沃茲出擊的時候，你們都是堂而皇之地做案，但為何這次偏偏要偽裝成帝國軍？」

「…………」

「答案是因為沒人會在這個節骨眼上心生懷疑。就算有人目擊到了冒牌帝國軍（你的黨羽），也會在毫不起疑的心態下作出『帝國部隊綁架了宅邸裡的希絲蓓爾大人』這樣的證詞。」

這會造成何種效應？

曾在這座宅邸作客的第九〇七部隊想必會被栽贓成犯人吧。沒人會想到這是出自休朵拉家的陰謀。

「但反過來說，這也證明了狙殺女王的軍事政變幕後黑手，和勾結帝國軍的幕後黑手是同一個人。進一步來說，會鎖定希絲蓓爾下手的，就只有策謀暗殺女王的幕後黑手本人——畢竟她一旦回到王宮，就能立刻揪出真凶。」

「稍等一下，你誤會得有些嚴重呢。」

休朵拉家的當家一動也沒動。

他看似冷靜地高舉雙手，或許是在表達「他沒有敵意」的意思吧。

「雖說辯解的理由要多少有多少，但任誰都能執行這種計畫吧？對現任女王政權懷抱最多不滿的勢力，並不是我們家族喔。」

「你打算把矛頭指向佐亞家是吧？聽你放屁。那個叫假面卿的詭異男子，和這場騷動毫不相干，是澈底『清白』的身分。」

「你為何能如此斷定？」

「因為我們曾經在獨立國家和假面卿碰過面啊。看你的反應，你八成不曉得那傢伙說過什麼話吧？」

「理由根本無關緊要。但她卻選擇了作弊。」

「打算將不屬於這套棋、名為帝國士兵的棋子帶進棋盤裡頭。」

假面卿當時非常憤怒。

涅比利斯皇廳的公主竟與帝國士兵有所牽扯。他不允許希絲蓓爾有任何的辯駁，認為那些就足以定罪。

「我聽說佐亞家是極端的激進派吧？他們是一群憎恨帝國，無時無刻不摩拳擦掌的火爆分子。這起勾結帝國軍的作戰不可能符合他們的理念。」

「然而，這終究只是你的想像吧？那說不定只是佐亞家的表面形象喔？」

「最好是。」

對於塔里斯曼的反駁，陣只是嗤之以鼻。

「假面卿要是和帝國有所掛勾，那這起事件早就在獨立國家落幕了。他若真的和帝國軍是一丘之貉，就該直接在那裡(阿薩米拉)收買第九〇七部隊，並順手了結掉希絲蓓爾，就能讓整起事件劃下句點。他根本沒必要大費周章地襲擊這座宅邸。」

「……」

「若要再補上一句的話，那就是假面卿是打算將這個女人帶回王宮的那一方。他打算以勾結帝國兵為由，召開異端審問。」

「我等沒打算把事情鬧大。我們的目的僅是帶回自己的同胞。」

「爲何你們帝國士兵偏偏要阻擾我等？」

佐亞家是打算將希絲蓓爾帶回王宮的那一方。

這點與將希絲蓓爾軟禁在這座宅邸的手法，有著根本上的矛盾。

「儘管思想火爆，但佐亞家和軍事政變毫無瓜葛。既然如此，剩下的後裔就僅有一族。加上因為有了闖入宅邸的星靈部隊(這些傢伙)作為活證據，所以那個魔女(碧索沃茲)獨斷行動的可能性也消失了。這完全是有大人物在背後撐腰的家族所策劃的陰謀。」

「…………」

休朵拉家的當家沒有回應。

而伊思卡和希絲蓓爾也用心聆聽著陣的說詞。

……原來如此。之所以變裝成帝國軍，是為了把襲擊公主的黑鍋丟給我們承擔。

……居然能從這種小地方反過來推敲出真凶，陣的腦袋真的好厲害啊。

他甚至記下了假面卿說過的每一句話。

若非如此，就不可能察覺這場襲擊的矛盾之處，更無法察覺這名男子（塔里斯曼）是一名危險人物吧。

「聽懂了沒？你們（休朵拉）就是軍事政變的幕後黑手。」

啪啪啪啪——

輕巧的掌聲響徹宅邸的大廳。

「真是美妙的論述。原來如此，讓假面卿和你們碰面，卻反而成了致命傷。星之命運還真是開了我一個大玩笑啊。」

活人的氣息傳了過來。

身穿帝國軍裝的七名武裝分子，在這時接連站起。

「不過，我還是得忍痛下手呢。會留在這裡的，就只有帝國軍方的火藥和彈痕而已。等行動結束後，這間宅邸的傭人們想必就會相信是帝國軍幹的好事吧。」

「塔里斯曼卿！您真的就是……！」

「這也是必要的行為。『若想抵達這顆星星的中樞，就必然需要帝國的協助』。現任女王（米拉蓓爾）是做不到這一點的。」

休朵拉家的當家向少女投以微笑。

他還是操著一口優雅的紳士口吻。

「小希絲蓓爾，讓我們好好相處吧。寄宿在妳身上的星靈，蘊含著能揭開這顆星星神祕面紗的力量，之後還得要妳好好出力呢。」

「……什麼！您到底在說什麼？」

「但妳的護衛就不在此限了。要是再增加舞臺上的演員，就顯得太不識趣了。」

七把步槍瞄準眾人。

「有勞你們先行退場了。」

「隊長，動手。」

安裝在大廳兩側牆上的定時炸彈登時炸開——將休朵拉家當家塔里斯曼和七名武裝分子全部捲入。

「什麼？」

「是煙霧？不行，無法目視階梯上的敵人！」

士兵們為了躲避爆風而後退。

由於塵埃瀰漫了大廳，能見度僅有數十公分，根本無法進行射擊。

「有什麼好吃驚的，這可是你們自己帶來的炸彈啊。既然是帝國製的，要操控起來根本易如反掌。」

陣的宣言響徹樓梯的轉角平臺。

這是從闖入愛麗絲個人房的三名武裝分子身上奪取的炸彈。陣、伊思卡和希絲蓓爾現出身形，吸引敵方的注意力──

而音音和米司蜜絲隊長則是從另一側的階梯悄悄下樓，在大廳裝設了炸彈。

……陣會像那樣說得滔滔不絕，原來是有原因的。

……是為了爭取裝設炸彈的時間。

在煙霧之中，伊思卡推了第三公主的背部。

「希絲蓓爾，跟著陣跑起來！」

「伊思卡？那、那你呢……」

「我在這裡殿後。我會爭取時間，妳趁機往裡面逃！」

在黑煙四竄的狀況下，伊思卡穩穩地踩在階梯的轉角平臺上頭。

若想追擊希絲蓓爾，最短路程自然就是沿著這座大階梯衝上二樓。伊思卡打算徹底守住這個要衝。

「快走！」

「請、請你務必要小心。『塔里斯曼卿的星靈乃是波』——」

希絲蓓爾的聲音消失了。

伊思卡的腳下——與轉角平臺相連的階梯從根部開始崩裂。

「唔，『打算粉碎這裡嗎』！」

這不是爆風也不是炸彈，更不是烈焰。在無形力量的擠壓下，伊思卡站立的轉角平臺和主階梯都被粉碎殆盡。

「唔，居然在連同階梯一同粉碎之前跳開了啊？躲得可真漂亮。」

伊思卡從二樓著地。

要是再慢個半秒鐘，伊思卡恐怕就會被「波動」粉碎了吧。雖然沒有受傷，但冷汗已經滑過臉頰，滴落在地了。

……真是個大騙子。

……說什麼「會留在這裡的就只有帝國軍方的火藥和彈痕而已」。

此人應該不會施展星靈術吧——

在讓對方留下這種印象後，這名魔人便毫不猶豫地發動了星靈術，企圖連同宅邸將自己一同粉碎。

「你是認真的？搞這麼大規模的破壞真的好嗎？」

「無妨，只要晚一點用帝國製的炸彈全數炸掉就行了。只要過上幾個小時，星靈能量就會自然消散，最後只會留下帝國軍下手的痕跡而已。」

休朵拉家的當家打了個響指。

原本在他身旁待命的七名武裝士兵，在這時立即作鳥獸散，朝宅邸外頭跑去。

「沒必要應付這個帝國士兵，快去逮住希絲蓓爾小姐。」

白西裝男子右手一揮。

原本從大廳兩側噴出的火舌，在轉瞬間變成火苗，最後澈底熄滅。那是被看不見的波動捻熄的現象。

——波之星靈。

這種星靈能以波動的形式釋出無形的力學能量，而被這種波投射的物體則是能隨心所欲地進行操控。

簡單來說，就和念力這種超能力的概念相近。

「這可真是的，這種動手動腳的行為和我的個性不合啊。」

「……就我看來並非如此。」

「我這人不會說謊。我確實不喜歡動粗，不過呢——」

休朵拉家的當家塔里斯曼——

與始祖涅比利斯相繫的星、月和太陽。而統御「太陽」之人，以晴空萬里般的語氣宣告：

「『淨化』的話就另當別論了。這可是為了清潔這顆星星的靈魂喔。」

Chapter.6 「共迎黎明」

1

露．艾爾茲宮——

這座宅邸擁有廣大腹地，就算稍有喧鬧，也不會傳進鄰近的民眾耳裡。

無論是爆炸聲還是槍聲都一樣。就算真的聽見了聲響，想必也難以在漆黑的夜裡鎖定聲音的來源吧。

——在天亮之前不會有幫手。

是要擊倒入侵的刺客部隊，還是在宅邸躲藏到天亮為止，亦或是往外逃亡。

「看來是三選一了。」

四人在西廂房的二樓走廊上奔跑著。

陣緊握著希絲蓓爾的手，朝著跑在前方的女隊長喊道：

「隊長，先停一停。靠在那片牆就好。」

「好、好的！」

米司蜜絲隊長、音音、陣和希絲蓓爾依序貼在牆上屏住氣息。

在此停步的理由有二，其一是持續奔跑的希絲蓓爾已經消耗了過多的體力，不能在這種情況下胡亂瞎闖。

「他們一開始就從三樓的陽臺入侵，代表追兵很有可能已經潛伏在三樓。雇主小姐，妳覺得目前最危險的地點是哪裡？」

「……應該是我的房間吧。」

「沒錯。眼下最糟的狀況，就是在妳企圖逃進房間而開門的那一瞬間，對上架好槍枝的武裝士兵。所以我們不能往樓上跑。」

地利站在己方這裡。

若是要藏身的話，只要找間廁所、更衣室，甚或是櫥櫃都行。而若是要打游擊戰，他們則有對宅邸構造瞭若指掌的希絲蓓爾提供協助。

「音音，還剩多少子彈？」

「十二發。另外還有從剛才的士兵身上取出的手榴彈。」

「隊長呢？」

「呃——人家的電擊槍電力大概還剩一半……」

「看來是沒本錢打消耗戰了。如果是對付待在一樓的七人，人概還勉強有辦法處理。」

他屏氣凝神，凝視通道的前方。

目前沒有人影，也沒有腳步聲。這死寂的走廊沒能提供任何資訊。這不自然的寧靜，甚至讓人感到毛骨悚然。

「——————」

陣朝握緊自己的手不肯鬆開的魔女瞥了一眼。

「沒必要抓那麼緊。萬一事發突然，我會很難動作的。」

「～～～唔！你、你在胡說什麼呀！我、我才不害怕呢！」

「那就好。比起這個，快回答我這個問題。」

他瞪著走廊說道：

「休朵拉家有多少人？現在狀況危急，別和我說什麼沒辦法透露給帝國部隊知道的鬼話，我有必要確認戰力。」

「……始祖大人的直系子孫約有三十人左右。」

「意外地少啊。他們家不是延續百年的家族之一嗎？」

「就直系來說，這是個還算合理的數字，但麾下的士兵數量約有十倍以上。況且以休朵拉家的作風來看，或許還藏有其他戰力。」

「看來正面對決不能當作選項了。人數差距實在太過懸殊。」

雖然還不曉得有多少士兵聚集到這座宅邸，但怎麼想都不會是寥寥少數。

畢竟是當家塔里斯曼親自出征，可以看出他們執意要將希絲蓓爾奪走的意圖。

「……雖然不是說這個的時候，但我很擔心那些傭人們的安危。」

「那傢伙也說過了吧，他有必要留下看過帝國軍入侵的目擊者，所以應該不會做出什麼粗暴的舉止。現在還是我們的狀況比較要緊。」

在他們交談的期間，仍聽不到一絲腳步聲。

架設陷阱，等待獵物自行上門——對方似乎轉換成星靈部隊在戰場上擅長的戰術了。

「好啦，這下該怎麼做？是要在宅邸裡找個地方藏身，還是逃出屋外？宅邸裡有能藏上一晚的地方嗎？」

「……雖然有好幾處候補，但每一處都位於倉庫或是較為深處的地方。由於那些地方都沒有退路，一旦被發現的話，就真的無處可逃了。」

「那只剩下一個選項了。我們找個門路逃出這座宅邸吧。」

音音和米司蜜絲隊長也用力點了點頭。

這裡是宅邸的二樓。

可以選擇走樓梯下到一樓，或是從房間往窗外逃脫。

「既、既然如此，我知道哪裡有捷徑！我來帶路！」

希絲蓓爾指著通道的深處，踏出了步伐。

「為了預防這種狀況，宅邸的二樓、三樓和四樓都有向外聯繫的避難階梯，我們就從那裡逃跑吧！」

「應該不是明目張膽的逃生梯吧？」

「是用以緊急逃脫的祕密通道喔。不只是休朵拉家，連宅邸的傭人都不曉得其存在，是澈澈底底的密道呢。」

他們在燈光的照耀下於走廊上前行。

這裡是位於西廂房二樓、包圍著中庭的迴廊，是陣一行人前兩天沒參觀過的地方。

「……我也是頭一次使用呢。」

她取下掛在牆上的畫作，將手指戳進牆上的小小裂縫之中。隨著「鏗咚」的一聲輕響，身旁的牆壁稍稍向內陷了下去。

那凹陷的形狀與門扉相同。

「哇！音音小妹，這好厲害喔，真的像個穿牆密道呢。」

「哦～只有這一塊牆壁在內側鑿出了空洞呢。這是設計成一片薄薄的門扉，只要推開後就能走進牆裡的空洞嗎？這種機關在帝國可看不見呢。」

「我們又不是來校外教學的，別在那邊感動了，快點進去。」

他們走進位於牆壁內側的密道。

裡面伸手不見五指。

這處長年無人踏足的空間，充斥著灰塵和霉味，每做一次呼吸，都會讓胸口感到難受。

「這算什麼密道，根本只是夾在兩片牆壁之間的縫隙吧？」

「光是有就該感激了。對了，陣，你走在最前面要多加小心呀。應該很快就要走到階梯處了，如果沒注意的話，腳可是會踩空的。」

「比起階梯，我覺得看不見東西問題才比較大。」

他取出通訊機。

就在他打算啟動手機的照明功能，充作臨時手電筒的時候——

「那是什麼？」

通道的前方冒出亮光。

那並不是一般的燈光，而是帶有魔幻氣息的淡淡光芒。

感覺比螢火蟲的光亮再強上一些。這道光芒……難道是星靈能量？

「撤回去！」

在察覺到光芒代表的意義後，陣朝著背後的三人吼道。

「那些傢伙連密道的存在都知道，已經躲在出口處伏擊我們了！」

「怎麼會！」

「別發愣了，快跑——！好痛！」

竄上背部的劇痛，讓陣不禁發出了悶哼。

與痛楚一同傳來的，是一股寒氣。在星靈能量的光芒照耀下，可以看出密道的牆壁逐漸被冰霜覆蓋。

「是冰之星靈術？那些傢伙不打算使用不拿手的槍枝，而是要用看家本領來分出高下啊……音音，動作快！對方打算把這座通道直接凍結！」

「我、我知道啦，陣哥！」

他們逃回走廊。

猛喘大氣的希絲蓓爾按下牆上的按鈕，牆壁隨即封了回去。

「這暗門的設計無法從內側打開，如此一來應該能多少爭取一些時間……」

嘰……

就在希絲蓓爾按著胸口感到放心的時候，眼前的門扉驀地扭曲變形，發出了響亮的嘎吱聲。

金屬門的表面之所以會布上一層白霜，想必是因為氣溫急遽驟降的關係吧。

這是金屬疲勞的現象——

被浸泡在超低溫之中的鋼鐵，被輕輕鬆鬆地掰成了兩段。

「冬原風景『大雪溪』。」

門扉被轟飛開來。

吹進走廊的並非火藥，而是極為大量的雪之結晶。陣一行人所在的走廊在轉瞬間結凍，接著白霜遍布、細雪紛飛，將走廊轉化為純白色的冬景。

「——知道雪與冰的差異在哪嗎？若是不知，就讓老身招待你們前往雪的世界吧。」

耳邊傳來嘶啞老婦的說話聲。

從積雪的走廊緩緩走來的，並非武裝的士兵。

而是身材消瘦的魔女，身穿形似修道服的紅衣。在純白色的走廊之中，就只有她的存在顯得異常顯眼。

「初次見面您好，希絲蓓爾小姐。這應該是我們首次見面吧？」

「……您、您是哪位！」

面對恭敬地點頭行禮的魔女，魔女公主拉尖嗓子問道。

這名老婦和待在一樓的武裝士兵大為不同。

明明面對三名帝國士兵，她卻大搖大擺地現身，光是這點就堪稱異常。她看起來像是完全不怕遭受槍擊的樣子。

「白夜魔女葛琉蓋爾。」

「嗯？居然有帝國兵聽過老身的名字？」

「誰教妳穿得那麼招搖。記載在魔女名簿上頭的，每個都是讓人不想撞見的傢伙啊。」

軍方曾經以為，她和冰禍魔女是同一人。

一直到冰禍魔女和白夜魔女同時出現在不同戰場之前，兩人一直被視為同一位魔女。

——她的威脅就是如此強大。

現在也依然沒變。一旦戰場開始降雪，帝國軍就會立刻開始撤退。

他們害怕在戰場上和這名魔女交手。

「老身很久沒和帝國士兵一戰了呢。」

「是啊，這我很清楚，因為機構第五師有一整個中隊都慘敗在妳的手下。合計有二十輛之多的戰車和裝甲車都被妳拆成了廢鐵。」

「沒錯。」

魔女看似愉快地笑了一聲。

「雪的世界便是老身的世界。一旦踏入其中，可是連始祖大人的後裔都阻止不了我喔？」

2

露．艾爾茲宮的一樓大廳——

火花四下迸散。細窄如絲的黑煙從大廳左右兩側開出的大洞緩緩竄向天花板。

這些火花與黑煙，是剛才第九〇七部隊設置的炸彈所引發的。

另一方面——

目前染濁大廳空氣的白色粉塵，則是由超乎炸彈威力的「無形之力」所留下的破壞痕跡。

「該說是見微知著嗎？我一直覺得有個小地方不太對勁。」

在瀰漫嗆鼻的粉塵之中，高頭大馬的壯年男子悠然邁步。

休朵拉家當家塔里斯曼。

在粉塵與黑煙飄散的大廳之中，他的白西裝竟然沒有沾上一絲髒汙。

「碧索沃茲原是我的王牌之一。無論是露家還是佐亞家，都不存在能以一己之力擊敗她的人物。真沒想到她居然會失手呢。」

「……對我說這些話不要緊嗎？」

「我是在問你啊，前使徒聖第十一席——她是被你擊敗的嗎？」

「我不想回答你。」

使徒聖第十一席。

這種說法像是對自己的來歷作足了調查，但伊思卡完全不想理會對方。

……這已經是第二次了。我已經很明白了。

……「和這傢伙對話是極為危險的行為」。

啪答——紅色的水露向下垂落。

伊思卡擦去從額頭的小小裂傷中滲出的鮮血，從地板上彈起身子。

在他的身後——剛剛自天花板砸落的吊燈，在濺出無數枚玻璃碎片後，如今已經化為一團破銅爛鐵。

「天花板直接砸了下來」。

而那正是發生在塔里斯曼說出「容我再次自我介紹」的當下。

我名為塔里斯曼——他趁伊思卡分心聆聽，將天花板——重達好幾百公斤的金屬與木頭向下砸落。

……而且還不是以自由落體的形式掉落。

……他能讓這些物體如砲彈般加速，毫不客氣地砸落下來。

波之星靈能夠操控名為「波動」的無形力學能量。

過去伊思卡的師父在談到波之星靈的時候，曾這麼向他比喻：「最好當成敵人的肩膀上長著看不見的機械手臂。」

塔里斯曼正是利用這看不見的手臂摧毀了天花板。

「唔嗯，反正看你剛才的動作，我就大致明白了。」

塔里斯曼交抱雙臂，用手指抵著下顎。

雖然看起來像是在認真思考，但波之星靈使已經進入戰鬥姿勢。

「那孩子（碧索沃茲）的力量固然毋庸置疑，卻缺乏實戰經驗呢。不難想像她被經驗豐富的使徒聖玩弄在鼓掌之間，最後被狠很修理一頓的光景呢。」

「…………」

「所以我才會冒出不好的預感，抱持著小心再小心的態度派出另一名刺客。他雖然是派來監視小希絲蓓爾的人選，但同樣失手了。」

身穿白西裝的魔人，用下巴指了一下前庭。

透過大開的玄關大門，可以看見遠處的前庭。

「撂倒奧爾涅克諜報隊長的也是你吧？」

「……你在說誰？」

「是頭髮倒豎、眼神銳利的男子。我命令他在這座宅邸的前庭待命，但從昨天晚上就失去了聯繫。而我剛才則是在前庭的角落，看到他身負重傷的樣貌。」

這是用來擾亂自己的話術嗎？

他沒聽過奧爾涅克這個名字。無論是長相還是宅邸裡混入了刺客，他都是頭一次聽聞。

「我沒打算奉陪你的發言。」

「哎，就聽我說吧。我一開始以為是小愛麗絲下的手，但她若是逮到了人，肯定不會棄置在前庭，而是會審問一番吧。我最感興趣的，還是他被人用毫不在乎的態度隨意擱置這一點。」

「…………」

「但這也不重要了。我會讓部下們帶走小希絲蓓爾，而我也得儘早返抵王宮才行。因為今晚可是個大日子——唔！」

話說到一半的塔里斯曼向後飛退。

看到伊思卡不發一語連踩三步，踏入揮劍攻擊的距離後，休朵拉家的當家立刻有了反應。

「我的話明明才說到一半呢。」

「『彼此彼此』。」

就在跨步邁出的伊思卡身後，大廳的地板裂開了。

宛如長槍般的物體從腳下竄出。豪華的地毯宛如紙片般遭到刺穿，而那玩意兒的真面目，其實是作為宅邸地基的岩層碎片。

「同時出手偷襲」。

在伊思卡踏步反擊的同時，塔里斯曼也及時向後退開。看似平淡無味的對話底下，雙方正進行著「出招」之前的「預判」之戰。

……休朵拉家的當家。這名男子就是統率一個家族的人物嗎……

……比想像中還強啊。

他會隨口說些不著邊際的話語讓人分心，並藉機攻其不備。伊思卡原本以為，這名男子是擅長頭腦戰的個性。

然而，他卻在反擊這一門功夫上有著驚人的造詣。

……他接受過千錘百煉的鍛鍊。

……這人的當家之名不是擺好看的，難道他是在戰場上久經歷練的星靈使嗎？

伊思卡踏出第四步。

「唔嗯，再被你貼近的話就危險了呢。」

塔里斯曼向後退去。而伊思卡見狀則是沉下身子，以一拍呼吸的速度衝進對手懷中。但在這一剎那，感受到眼前豎起「牆壁」的伊思卡，又立刻煞住了腳步。

塵埃消失了。

原本布滿大氣的粉塵忽然被某個東西一舉吹散。這是徵兆。

——大海嘯。

看不見的波動襲擊而來。

若要打個比方，就好比有數十噸重的玻璃牆，宛如被推倒的骨牌朝帝國劍士席捲而來。

「唔！」

巨大的波動擦過肩膀，傳來一陣劇痛。痛楚還來不及消退，承受了破壞性能量的右肩衣物便被炸飛出去。

衣物並非呈現被刃物裁斷的模樣，而是連同纖維被分解成無數碎屑。

——「要被抓住了」。

伊思卡以黑之星劍斬過虛空。

他看不見波動。然而，劍尖傳來的手感，讓他確實明白自己砍斷了試圖纏上自己的波動。

「唔嗯，居然在被抓住之前躲開了啊？你對波之星靈很熟悉呢。」

休朵拉家的當家不見動搖。

在面對使徒聖等級的對手，即使釋出的波動被砍，他似乎也不會為此大驚小怪。

「明明這麼年輕，卻經驗老道。你肯定是在戰場上出生入死的一名修羅吧？」

「不過是波之星靈相當常見罷了。」

伊思卡瞥了被波動削過的地板一眼，快嘴啐了一聲。

集中精神。

該警戒的並非施術者的舉動，而是他周遭的大氣。

……能操控波動的「波」之星靈。

……其中最為危險的狀況，就是直接被波動逮住。

他已經看過讓天花板墜落，或是扔出瓦礫攻擊等現象了。

正如伊思卡的師父所比喻過的「宛如看不見的機械手臂」那般，那條隱形的手臂本身是最為危險的存在。要是被抓到的話，就會立刻被捻成碎屑。

不過──

「最佳方案依然沒有改變。」

「嗯？」

「用最快速度縮成零距離即可。」

塔里斯曼稍稍睜大了眼睛。

他瞄準蹬地衝出的帝國劍士，以波動朝腦門砸去。就在能將地板開出大洞的這一擊命中前，伊思卡往側邊跳了開來。

──「波動的速度比風慢」。

就看不見這一點來說，波動與操控大氣的風之星靈術是相同的。

兩者的差距在於發射速度。相較於能以音速釋出、宛如真空刃的「風」，「波」固然力量強大，但射程較短，速度也較慢。

只在同時行動的狀況下——

在波觸及伊思卡之前，他便能先一步闖入敵方的懷中。

「不用槍的帝國士兵還真少見，但『那邊』——」

「有護罩對吧？」

空無一物的虛空。

不過向下劈落的黑之星劍傳來了手感。原本盤踞在那裡的波動之壁，在伊思卡的一劍之下碎裂殆盡。

眼睛看不見。

儘管如此，帝國劍士卻能完美地偵測到位於空中的波動團塊。

「哦？」

休朵拉家的當家瞇細雙眼。

明知對方是使徒聖，卻始終不把對手當成一回事的魔人，在這時首次擺出警戒的神情。

「你看到了什麼。」

「——憑直覺。」

「總覺得就在那裡」。

若是判斷沒辦法讓波動抓住動作更快的自己，那麼接下來的動作，想必就是將「看不見的手臂」像蜘蛛網一樣在空中散開。

然而，就算能大致判讀波動設置的位置，在看不見的狀況下，還是難以作出精確的判斷。在接下來的階段，能仰賴的就是名為直覺的經驗了。

伊思卡曾在戰場上與許多波之星靈使交手過。

為數眾多的戰鬥經歷凝縮為判斷的數據庫，將直覺昇華為第六感。

「哈哈，你的嗅覺還真是靈敏得和野獸一樣。」

塔里斯曼微微苦笑。

「也難怪那孩子會輸了。她明明預期和一般的帝國士兵交手，卻偏偏碰上了你這種戰鬥狂，肯定是大吃了一驚吧。」

「————」

「使徒聖果然身手不凡。在這個時代，強度凌駕在『群體』之上的『個人』，就是如此棘手的存在。畢竟這類人光是單槍匹馬，就有顛覆戰況的本事呢。」

就算回應也沒有意義。

在他說出下一句話的前一刻，自己就會踏進足以分出勝負的距離。

「『我一直在等你這種人出現』。」

唰——空氣為之震顫。

休朵拉家當家所站的地板向下凹陷，從地面向外延伸的波動，宛如浪濤一般向上拔起。

——然後就消失了。

白西裝男子只留下蹬踏地面時所爆出的巨大聲響，就這麼消失無蹤。

看在伊思卡眼裡，剛才的景象就是如此光怪陸離。

「所謂的波動，是能朝指定方向產生力學能量的波長，更是產生質量和加速的物理量本身。這點常識你還是知道的吧？」

只有聲音憑空響起。

既不是來自背後，也不是來自左右，而是來自正下方。就在伊思卡視為死角的極近距離，魔人以像是在地板上溜冰般的動作縮起脖子逼近。

其腳力之強，讓伊思卡不禁懷疑起自己的眼睛。

「……什麼！」

「波之星靈的使用者，可不都是些泛泛之輩喔。」

魔人的拳頭從貼近地板的高度向上揮出。

要用星劍迎擊嗎？不對，這名男子的拳頭肯定設有機關。雙方已經貼近到肩膀幾乎要相碰的距離了。

面對給人的壓力強大到背脊生寒的魔人，伊思卡用全力朝地板一蹬。

他完全沒去思考迎擊這個選項。

就只是拚盡全身力氣，蹬地逃脫。嘰——就在上鉤拳擦到側腹部的瞬間，伊思卡的「側腹部爆炸了」。

「唔嗚嗚嗚！嘎…………啊……！」

像是側腹直接被刨挖下來的劇痛，使得他的意識逐漸稀薄。

……是引爆了火藥嗎？不對，我身上沒有燙傷的痕跡。

……只不過是被拳頭擦到，就有這麼驚人的衝擊力嗎……！

這還不是正面捱招。

光是拳頭掠過衣角，就能讓側腹刮出一道淤青。那是能將肋骨和內臟一舉打碎一般的可怕破壞力。

「捨棄迎擊，選擇迴避。你的直覺果然敏銳。而在那種情況下還能勉強躲過我的一拳，其身法之高明也很教人讚嘆。」

休朵拉家的家主整理起白色西裝的衣領。

「『暴虐』的塔里斯曼，這是相當違背我本人意願的俗稱呢。」

「……這不是……很適合你嗎……」

伊思卡吐出口腔裡的唾液。

之所以混著血色，是因為嘴唇裂開了？還是內臟受傷了？或者兩者皆是？

……波動是藉由星靈產生的力學能量。

……剛才那爆發性的加速，難道是將那股能量轉換成質量和加速度嗎？

居然能做出這種應用。

即使走遍戰場，他也沒看過任何一個前例。

「難道你的星靈——」

「嗯？你該不會誤以為這是只有我的星靈才能施展出來的密術吧？」

「……什麼？」

「這只是將波動的能量轉換成物理性的加速度，是同一類型的星靈使都辦得到的小事。若要說我的力量之所以能強過其他人，那是因為——」

「誰都辦得到？你少來——」

「修練的關係。」

休朵拉家當家的身形一晃。

宛如火藥引爆般的腳步聲響起，魔人隨即對準了伊思卡的腦門從天而降。在男子跳躍之前，伊思卡目擊到他蹲下身子的動作。

「但在那之後的加速就看不見了」。

……果然如此，這名男子快的並不是初速。

……而是有著過於異常的加速度。他用波之星靈強化了自己！

男子無論是跳躍或是跑步，都只和尋常人類無異。

但在動作之後的加速，卻憑藉波動的強化而變得迅速異常。若要比喻的話，就像是在順風的狀態下跑步一樣。

「為了讓波動轉換成物理能量，我花了六年開發相關術式；花了八年學會相關技術；而為了抵達這個領域，又花了我整整十三年的時間。合計差不多花了三十年──因為我很笨拙啊。」

拳頭從天而降，擦過了伊思卡的瀏海。

伊思卡感受到腦袋像是被鐵鎚重擊的痛楚，朝旁跳了開來。

「所有人都抱持著可能性，但若想抵達究極的境界，就必須有瘋狂的執念。年輕的使徒聖啊，你可聽得出我在說什麼嗎？」

伊思卡跑向大廳的中央處試圖躲避。

但就在他的面前，身為始祖後裔的魔人卻已然堵住了去路。

踏步的初速是伊思卡略勝一籌——

然而這名男子在疾奔時，卻能轉換波之星靈能量，獲得爆發性的加速。

「不會吧！」

被追上了。

伊思卡雖曾與形形色色的星靈使交手過，但這前所未見的體驗仍讓他大感衝擊。

「『你和我是一樣的。都是打算修練到極致的修羅喔』。」

無從迴避。

在拳頭命中腹部的同時，波動的破壞力將他的意識遠遠拋飛。而在一秒鐘後，伊思卡便被轟向大廳裡的石柱。

悶響傳來。

「遺憾的是，我修練的時間比你多上一些，而這就是我們之間的差距。」

他將目光從倒地的帝國兵身上挪開。

在整理好依然沒有一點髒汙的白西裝衣領後，他確認衣服沒有一絲皺折，隨即轉身離去。

這時，話語聲從背後傳了過來——

「……等……一下……」

「————————什麼？」

塔里斯曼停下腳步。

暴虐的魔人皺起眉頭向下俯視，只見氣喘吁吁的伊思卡正拄著長劍站起身。

「那可是足以粉碎鋼鐵的波動，我以為確實打中你了啊？」

「確實是打中了。」

「沒錯。那你為何還站得起來？」

破壞的力道理當傳進體內了。

腹部一帶的肌肉全數斷裂，肋骨到脊椎都全數粉碎，就連內臟也無法倖免於難。塔里斯曼或許是這麼相信的吧。

……實際上也是千鈞一髮沒錯。

……要不是及時解放了星靈術，我就真的完蛋了。

白之星劍能僅此一次地發動星靈術。

伊思卡將黑之星劍先前斬斷的波動，作為盾牌抵擋了下來。

「真是美妙。」

休朵拉家的當家高舉雙臂，發出了讚嘆之詞。

「你已經打磨得登峰造極了呢。你的眼光、你的動作、你的鬥志，光是與你展開對峙，就教人不禁顫抖。哎呀哎呀，還真是後生可畏。」

「……………」

不確定這是在說你自己嗎？你這個騙子。

他在心底這麼怒罵，無言地擦拭滲血的嘴唇。

……休朵拉家當家塔里斯曼。

……這就是統率三大血族之一的純血種嗎……！

就算感到不快，身體的反應也告訴著自己——

這名純血種強得離譜。單純就大規模的破壞力來說，應該是碧索沃茲更勝一籌；但眼前的這名男子，卻有其餘星靈使望塵莫及的強大。

——是黑鋼後繼的天敵。

伊思卡面對火力驚人的星靈術，採取的對策是不計風險的貼身肉搏，抓準一瞬間的破綻向前疾奔，衝入對手的懷中。

能讓這種戰法化為可能的基礎，是伊思卡過人的體術和極具爆發力的腳力。然而——

……真可恨。我還是頭一次感到這麼不甘心。

……想不到這世上居然存在著機動力在我之上的對手。

在速度方面不分伯仲。

無論是始祖（涅比利斯）、冰禍魔女（愛麗絲莉潔）、棘之魔女（琪辛）或是超越的魔人（薩林哲），伊思卡的利牙都傷到了這些迄今遇過的強敵。這是他頭一次遇見無法咬住的對手。

「好啦，你現在在想些什麼呢？在思考翻盤的手段？逃跑的方法？還是逃往宅邸深處的小希絲蓓爾的安危？」

「我就只回答你最後一個問題——你想太多了。」

長劍斬過虛空。

伊思卡掃開遮眼的粉塵，惡狠狠地回應道：

「她身旁可是有我的同伴在。」

「但我精挑細選的部下已經包圍了這座宅邸喔？」

「他們很快就會從你底下溜走的。」

「哈哈！」

統率血族之人放聲大笑。

「哎呀，真是失敬了。不過，你雖然講得認真，但打算溜到哪裡去呢？就算逃往這座宅邸的外圍，也沒有意義。」

「……怎麼說？」

「皇廳內已經沒有她能容身的地方了。因為在帝國軍的攻打下，現任政權已是搖搖欲墜的狀態呢。」

「『關我什麼事』。我們會將她帶去王宮。」

然後就能劃下句點。

伊思卡不打算介入和皇廳有關的動盪。

要是女王涅比利斯八世就此敗北，那也是她氣數已盡。就算希絲蓓爾聲淚俱下，他也沒打算出手幫忙。

不過——

無論眼前有什麼障礙，他都會將希絲蓓爾帶到王宮。

「真是不錯的舞臺。這座宅邸建在丘陵上，應該能看見美麗的日出吧。」

塔里斯曼望向太陽升起的方位。

但天空還是一片深邃的漆黑。

現在時間是凌晨一點。黎明還是好一段時間之後的事。

「你是不是太急躁了？現在根本還是三更半夜吧？」

「正因為如此我才要親自見證啊。這天夜晚就是『星星』閃爍的最後一日。漫長的夜晚終於要落幕了。」

星星是露家的象徵。

星星、月亮和太陽輪流照耀大地，正象徵著露家、佐亞家和休朵拉家的繁盛——

伊思卡總覺得也從希絲蓓爾口中聽過類似的話語。

「你認為現任女王會敗北？」

「哈哈。身為當家是不能直接回答這個問題的，但你還真是準確地抓到了重點啊。」

「這還很難說吧。」

「毋庸置疑地，『星星』閃爍的夜晚一旦結束，就會迎來朝陽。」

統率休朵拉家的男子高舉雙手。

就像是在抬頭仰望漆黑的夜空一般。

「太陽照耀的黎明即將到來，並為這個世界帶來嶄新的時代。」

Epilogue1　「吟詠涅比利斯之詩的落敗公主」

1

從露家別墅開車前往王宮，大約要兩個小時的時間。

而這還是愛麗絲頭一次感受到，在車子內乾等兩小時是如此難熬的事。

「愛麗絲大人，女王大人可有回應？」

「沒有。她沒有關掉電源，但似乎處於無法對話的狀態。」

打不通女王本人的通訊機。

她想必是花了十二分的心力在指揮，甚至無暇回應親生女兒的聯繫吧。

「燐，動作快，把時速拉到五百公里吧。」

「請別強人所難，現在天色這麼黑，光是開到七十公里就已經是極限了！」

開著車燈的王族專車，以猛烈的氣勢行駛在夜晚的車道上。

警報聲震天價響地迴蕩著。

時間剛過凌晨一點，這響徹市中心的尖銳聲響，想必是警務隊本部所發布的吧。

……本小姐作好覺悟了。

……光是敲響這聲警鈴，就象徵著事態危急。

這和第十三州或第八州所發布的警鈴在層級上有所不同。

這裡是中央州的市中心——

不僅安排了最為嚴格的警網，由王宮精挑細選的部隊也會二十四小時到處巡邏。

從愛麗絲有記憶以來，她就不曾聽過此地發布過警報。

「路上沒看到警務隊的身影呢。」

「小的認為他們都前往王宮了。依據原則，在這聲警報響起的期間，一般民眾是不會外出的。比起市區，警務隊更將王宮視為首要協防的對象。」

「……燐。」

這是第幾次了？

在這兩小時內，她恐怕已經問這個問題四、五次了吧。

「若真的受到帝國軍的侵略，我們會受到多大規模的損失？」

「只會有小規模的受創。」

握著方向盤的隨從斬釘截鐵地說道。

這並非在安慰主人，而是她發自內心的想法。

「王宮外圍的民眾和建築物應當不會有太多的損害。應該說，對方無法造成太多傷害。」

「…………」

「入侵的敵國勢力，頂多只有幾十人上下吧。若要假扮成一般人，並攜帶大型槍械進入國內，就會在國境檢查行李時遭逮。能夠通過關卡的，頂多就只有手槍和組裝型的步槍而已。無論是哪一種都不成威脅。」

「……說得也是呢。」

對方不可能攜帶導彈一類、足以壓制戰場的大型兵器。

單純就戰力來說，帝國軍方不會是星靈部隊的對手。就算遭到偷襲，也能將受害壓制在最低限度。

「不過，不使用槍枝的帝國兵就不在此限。」

「……妳是指伊思卡那種人？」

「不，小的指的並非長劍，而是用短刀和徒手施展的格鬥技術。在小的看來，像那個使徒聖無名一類的刺客，才是這次作戰的主力。」

「十之八九就是這樣吧。那個男人不可能沒參與這次的侵略行動。」

那個人對愛麗絲來說，也是有一面之緣的敵人。

若是被那名男子偷襲，就算是始祖後裔，也不可能平安無事。

「不過，那種等級的高手數量應該不會太多才是吧？」

「只要有一個就夠了。畢竟敵方的目標應該只有女王一人而已。」

燐的話語聲中混雜了些許的苦澀。

「就算皇廳整體的危害不大，但對王室的損失就不能一概而論了。即便沒有一個國民受傷，只要女王倒下，這個國家就會立刻瓦解。」

「……也是呢。」

這起帝國的侵略行動，會讓露家的名譽掃地。女王若是在這次的戰役中落敗，那麼國家就會動盪到難以挽回的地步吧。

「愛麗絲大人，要穿過街區了。」

車輛穿過高級住宅和商業大樓林立的區域。

視野豁然開朗，車道也變得寬敞兩倍有餘。接下來要進入的是國有土地。在廣大的腹地中映入眼簾的，是警務隊本部的建築。

「小的接下來要以一百公里的速度飆車了。愛麗絲大人，請繫好安全帶。」

「開到兩百公里也不要緊喔。燐，動作快。」

在遠處的地平線上——

宛如直穿雲霄的四座高塔，在紅色的天空中浮現出輪廓。

在這種深夜時分居然看得到夕陽？讓愛麗絲陷入錯覺的鉅量「深紅」，就這麼包覆著涅比利斯王宮。

「怎麼會！」

燐嘶啞著嗓子抽了口氣。

「豈有此理！這怎麼可能！帝國軍到底是從哪弄來這麼大量的武器！」

「…………騙人的吧……」

熊熊燃燒著。

愛麗絲將手貼在王族專車的窗戶上，雙眼眨也不眨地仰望著眼前的絕望。

涅比利斯王宮被火焰吞噬。

紅蓮色的火星四下飛竄，而連結女王宮和月之塔的空中迴廊「月之冠」，在傳出一聲巨響後崩垮墜落。

「──────」

她說不出話來。

在親眼目睹之前，愛麗絲其實還是抱持著樂觀的心態。

王宮駐紮著實力高超的星靈部隊，而包含執掌指揮的女王在內，佐亞家和休朵拉家等始祖後裔也蓄勢待發。

沒有必要害怕敵方的進攻。

然而——

愛麗絲在這時才明白，那只是自己一廂情願的想法。

2

涅比利斯王宮星之塔——

露家的腹地如今充斥著噪音和怒吼聲。

腹地各處都發生爆炸。就在部隊前去滅火的同時，潛伏已久的帝國部隊展開了偷襲。

小規模的衝突接連發生——

而在這段期間，深紅色的火焰則是以驚人的速度摧毀中庭的草坪。

「首先該瞄準的目標，是隔離倉庫的燃料槽。只要引燃那些燃料引起大火，就連王宮的精兵都得忙於救火了吧……他們有照著我的指示順利強攻，真是值得開心呢。」

「——伊莉蒂雅大人！伊莉蒂雅大人！」

「不需要強行攻堅，只要絆住救火隊就好。只要拖延時間，火勢就會逐漸蔓延，最終演變成更勝於帝國軍的威脅。」

「伊莉蒂雅大人！請開門！帝國軍發起進攻了！請立刻避難——」

她靠在個人房裡的窗邊。

第一公主伊莉蒂雅臉上掛著輕淡的微笑，望著眼前的騷動。

「再來就得看塔里斯曼卿了呢。不曉得他有沒有順利抓到希絲蓓爾呢。」

「伊莉蒂雅大人！帝國軍似乎攻破了燃料倉庫，腹地的停車場竄出了大量火勢！」

門的另一側傳來怒吼聲。

拚命拍門的人物，應該是大臣吧。那是長年侍奉露家的心腹，也深受現任女王的信任。

「波爾斯大臣。」

「臣、臣在！伊莉蒂雅大人！請快往這裡走！」

「請別為我擔心。」

「……啥？」

「請您先去避難吧。敵方的目標想必是女王宮，所以還請不要接近，趕緊找個地方藏身吧。沒必要讓非戰鬥人員出現犧牲。」

「……那、那麼，伊莉蒂雅大人您呢……」

「我晚一點也會前去避難。」

等見證完帝國軍的侵略之後。

若是據實以告的話，門扉對側的大臣會露出什麼樣的表情呢？

「好啦，使徒聖是否真能抵達女王宮呢？我可不希望有太多人犧牲，要是他們能迅速處理掉女王，我可是會很開心的。」

她手抵下頷，稍作思考。

「我也差不多該作些準備了。」

伊莉蒂雅的真心——

她早已作好不被任何人理解的覺悟。即使這是只屬於自己為皇廳所做的「淨化」，她也沒有聲張的打算。

「愛麗絲大人的星靈何其強大！作爲下一任的女王再適合不過了！」

「希絲蓓爾大人的星靈能看透一切，眞可謂全知全能。這個時代需要的不再是純粹的武力，而是智慧的力量。那一位才眞正擁有當上女王的器量呀。」

「噓，第一公主大人要過來了，小心別被她聽見了。」

「…………愛麗絲、希絲蓓爾、女王（母親大人）。」

她搭著窗沿俯視地面。

那是她心愛的家人。她是真的投注了感情，這份家族愛也依舊未變。

然而——

自己（伊莉蒂雅）在那些家人之中，卻是個格格不入的「異類」。

「一出生就獲得強大星靈眷顧的始祖後裔（妳們），光憑這一點就獲得了臣子們的稱讚。妳們肯定無法理解，站在身後窺看的我究竟是何種心情吧。」

兩姊妹受到優秀的星靈眷顧而受人稱讚的模樣，一直被伊莉蒂雅默默看在眼裡。

而她一直忍耐著。

為了不讓臣子們的嘲弄傳入耳裡，她強忍淚水跑回房裡。

一直到鑽入棉被之後，才能不受控制地嚎啕大哭。

為什麼？

為什麼只有自己在出生時寄宿了如此弱小的星靈？

——就連女王（母親）都無法明白這樣的心情。

因為女王也一樣，是個一出生就擁有強大星靈的強者，絕對無法理解一出生就一敗塗地的輸家心境。

「希絲蓓爾，妳以為王宮裡沒有值得信賴的部下對吧？不過妳的誤會可大了。真的沒有值得信賴部下的人，其實是我才對喔？」

由於沒有當上女王的潛力，沒人願意對她宣示效忠。自己才是真正孤獨——從出生就注定的輸家。

她比任何人都努力。

無論是氣質、知識還是禮儀，那些能憑藉努力獲得的東西，她都拚了命地拿到手。但即使如此，第一公主終究沒有當上女王的宿命。

星靈太過弱小。

就只是基於這樣的理由，伊莉蒂雅就成了輸家。

「愛麗絲、希絲蓓爾、女王，妳們想必認為，只要自己還在，這個國家就絕對不會落敗吧？但這可是大錯特錯呢。」

恃才傲物的始祖血脈啊。

明明對外宣稱皇廳是「『所有』星靈使的樂園」，但還是出現了像第一公主這樣被王室捨棄的輸家。

就讓妳們嘗嘗——自己曾經歷過的苦惱、悲嘆和血淚。

以及——

跨越了這重重絕望的「真正魔女」的力量之強大吧。

「妳們的不幸，就是擁有過於強大的星靈。這只會帶來食古不化的時局，根本沒辦法開創嶄新的時代吧？」

現在的皇廳，已經配不上星靈使樂園這樣的名號了。

那只是痴人說夢。

一切都只是宛如泡影一般的樂園虛象。

「今晚，這座王宮將沉入火海，而我就當個點燃火苗的災厄魔女吧。為了前往真正的樂園，這也是必要的過程呢。」

Epilogue2 「魔女樂園的最後一夜」

1

星之要塞——

涅比利斯王宮是以「星」、「月」、「太陽」，以及這三座塔之上的「女王宮」所構成。

女王宮是關鍵所在。

宮殿的腹地依然充斥著火勢，為了滅火而集結的星靈部隊，與加以妨礙的帝國部隊開始爆發衝突。

「這是怎樣？是超科學嗎？還是星靈術？到底是怎麼支撐的？」

在空中迴廊「月之冠」。

這飄浮在空中的玻璃走道，是連結女王宮和月之塔的通道。無論是天花板還是地板都是玻璃打造，能從走道上放眼觀賞外頭熊熊燃燒的火勢。

「這就是星之要塞吧？真不愧是用星靈術打造的，建材和手法都充斥著讓人一頭霧水的機制。照這樣來看，要抵達女王宮似乎會費上不少功大呀？」

使徒聖第三席——「驟降風暴」的冥。

身穿戰鬥服的她，以像是在散步般的悠閒步調前行。

「冥大人，女王宮的正門似乎被關上了，槍枝也打不穿。」

「這我知道啦，小隊長。所以我們才會像這樣繞遠路呀。」

她回頭揚起笑容，向部下露出了尖銳的虎牙。

四名部下跟在身後。

這四人都是冥親自挑選的隊長級士兵。

「從把門關上的舉動判斷，能看出皇廳很不歡迎帝國軍這次的入侵。這也能推算出宮內不存在用於迎擊入侵者的陷阱或是保全裝置。」

「就是這麼回事。只要能潛入宮內，就是我們的勝利——嗯？」

女使徒聖抬頭仰望。

她停下腳步。

雖然環顧了周遭，這條單行道的前方卻是空無一人。玻璃走道離地有二十公尺高，不可能有人攀在外頭。

「嗯……換句話說，是這麼回事吧。」

「冥大人？」

「喔，小隊長，那裡很危險喔。」

冥伸手指向玻璃天花板。

那塊玻璃牆「消失了」。就像拔開了軟木栓一般，冒出一個正圓形的洞孔。雖然只是位於頭頂上方的小小異變，仍被擁有超人級動態視力的冥看在眼裡。

那是一根極為細小的針。

宛如海膽棘刺一般的紫色荊棘，在刺中玻璃的瞬間後就使之消失。

「是讓物體消失？還是直接抹消空間的時空系能力？不管是哪一種都很難纏啊。初次見面呀，小姐。」

啪嘰……

「從天而降的少女」踩破玻璃碎片，於走道上落地。

像是在阻擋冥一行人的去路似的。

「帝國部隊的貴賓，讓您們久等了。」

那是一名戴著眼罩的魔女。

年紀大概在十三、四歲左右吧。她的黑髮散發著美麗的光澤，穿在身上的禮服則是奢華無比，而她行禮的姿態也相當可愛，給人洋娃娃般的印象。

「我名為琪辛．佐亞．涅比利斯九世。」

「是純血種！」

「終於現身了啊……！」

四名帝國士兵同時舉起槍枝。

這樣的舉動或許會給人膽小恐懼的印象，但這樣的反應才是最正確的。凡是多次從戰場上生還的隊長級士兵，都能切身明白這樣的動作有多重要。

名為純血種的怪物就是如此恐怖。

「冥大人！」

「嗯？喔，這看了就知道了吧？那看起來像是星靈部隊的制服嗎？明顯是始祖後裔專用的穿著呀。」

這名年幼的魔女便是始祖涅比利斯的後裔。

在朝王宮突擊後，就已經預期會遇上這樣的對手了。

「看來小姐是『第一隻』啊。還真是相當悠哉呢，我一直以為妳會早點現身。」

「我剛才睡著了。」

「噗！啊、啊哈哈哈，這也是啦，畢竟都這麼晚了，已經是小孩子睡覺的時間了呢。這下可是人家不解風情了呢。」

「我還沒睡夠，所以要請您們消失了。」

唰——空氣為之驟變。

原本放聲大笑的冥，眼裡開始浮現出詭異而狂躁的光芒。

至於黑髮少女——

「叔父大人對我下令，不管會對王宮造成再大的破壞，都得將帝國士兵澈底掃蕩完畢。」

她一鼓作氣地摘下眼罩。

讓人聯想到紫水晶的明亮雙眸，朝帝國士兵瞥了一眼。

「開始進行排除。」

「就讓人家幫妳上一課吧。讓妳明白『驟降風暴』這個外號是怎麼來的。」

＝＝＝

女王宮空中花園——

這裡白天是家臣和隨從們休息的地方，充斥著各式花草的香氣，而且幾乎天天都有人在此召開茶會。

「看看這眼下的光景。」

宛如演員一般的男性嗓聲，緩緩滲入夜晚的花園之中。

「在地面上膨脹的火焰，就像是在夜晚開出的大朵紅花。是一朵既美麗又殘酷，而且稍縱即逝的花朵。到了明天早上，這些花朵就會消失吧。」

造訪夜晚花園的共有兩人。

開口的是身穿黑西裝的假面男子。

至於默默聆聽的，則是戴著眼鏡、身材高挑的帝國女兵。

「真遺憾，實在是太教人懊悔了。」

「啊……這可真是抱歉。你都特地在這裡堵人了，結果堵到的只有咱這種雜兵，應該讓你很失望吧？」

「我啊，一直很想讓這灼熱的紅蓮之花在帝都百花齊放，但卻被對方搶先一步，實在是教人懊悔。」

「哎呀呀，看來我們的想法很接近呢。」

在眼鏡的鏡片底下。

女使徒聖睜著一雙看似聰明的雙眸，吊起了嘴角。

「那麼，你有什麼打算？雙方若不報上姓名，可是連對話都難以成立喔。」

「哎呀，這可真是失禮。」

假面男子以一副明知故犯的態度聳了聳肩。

「我居然對淑女失禮了。我名為昂，眾人都稱呼我為假面卿，妳就依喜好挑個稱呼吧。」

「還真是一板一眼呢。咱的名字叫做璃灑。」

「是使徒聖對吧？」

「啊……被發現啦？」

璃灑吐了吐舌頭，露出害臊的笑容。

雖然是攻入皇廳的帝國士兵所做出的挑釁，但假面卿卻只是感到好笑地展露微笑，不把這件事放在心上。

——雙方都發現到了。

眼前的對手都是和自身相似的狡詐之人。

「我們的當家傳了話，要我告知使徒聖閣下呢。」

「哦？你們家的當家嗎？」

「以下是來自佐亞家當家葛羅烏利的傳話，首先——」

＝

「首先就感謝你們吧。這顆星星的命運，招來了美妙的客人呢。」

涅比利斯皇廳月之塔——

打造成滿月形狀的巨大夜燈，照亮了三樓的大廳。

大廳呈現外緣較低、中央較高的設計，而如今坐在輪椅上的老人處於大廳中央，舉起了滿是老人斑的雙手。

「自從四十年前罹患腳疾，知曉失去踏上戰場的夢想之後，老夫就受到這痛心入骨的傷悲所折磨。」

『…………』

「就感謝你吧，造訪此地的刺客啊。你居然給了老夫再次毀滅帝國的機會。」

佐亞家當家葛羅烏利。

他擁有著極為特殊的反擊型「罪」之星靈。雖然是年過七旬的老人，但他全身上下散發出來的怒氣，絕非一般星靈使所能望其項背。

至於與之相對的使徒聖——

前來挑戰這名當家的帝國軍刺客，也是受到這深不見底的怒火引誘而前來此地的修羅。

「你應該是個有頭有臉的人物吧？不只察覺到老夫的存在，甚至還大搖大擺地踏入此地。承受過老夫的殺氣還不選擇逃跑的，可是極其罕見的啊。」

『…………』

「老夫就特別允許你自報名號吧。」

『哈！』

老者的話語聲遭到刺客嗤之以鼻。

『我還以為怪物能有什麼高見，結果居然如此滑稽。』

使徒聖第八席「無形神手」無名。

全身上下都被緊身衣包覆的男子停下腳步，以低沉的嗓音嘲笑道：

『自報名號？別搞錯了，魔人，那是人類才會做的事。像你這種怪物，就只是個該被驅逐出這個世界的存在。』

「怪物嗎？若是作為感到恐懼的形容用語，那老夫說不定就是怪物吧。畢竟不只是帝國軍，就連同志們都對我敬而遠之。」

嘰……

高臺上的老人推動輪椅，稍稍前行。

他以像是要看出一個洞的眼神，凝視著孤身一人闖入月之塔深處的使徒聖無名。

「真是罪孽深重。」

『……什麼？』

「接下來就是贖罪的時刻了。」

統率三大血族之一的老人。

只要滿足特定條件，這名魔人的星靈就能發揮出極為強大的威力。

「老夫是佐亞家的當家葛羅烏利。好啦，接下來就是裁量你罪狀的時候了。」

2

涅比利斯皇廳女王謁見廳——

從窗外吹入的冷風，時而混雜著濁燙的熱流。想必是地面上的火焰乘著上升氣流，來到這個高度了吧。

「只須派出最少量的人數前去滅火即可，其餘部隊改去防守各塔。」

女王謁見廳裡集結了十二人。

其中五人是最強的護衛「王宮守護星」，另外七人則是狩獵入侵者的游擊部隊「支配星」。

每一人都是受到強大星靈的青睞，並累積過眾多戰鬥經驗的一流高手。

「我之所以都賦予你們十二人星靈部隊隊長階級的權限，就是為了應付這樣的時刻。」

敵方是少數的精兵。

在如此預測到對方戰力分布的時候，米拉蓓爾・露・涅比利斯八世便立刻讓家臣和隨從們前去避難。

這次的奇襲並非大規模的殲滅戰。

「他們的目標是四座塔內的重要人物……簡單來說，就是王室成員。包含我在內的始祖後裔應該都是他們的目標吧。」

「——我等將前往諸位大人的身邊，一旦敵軍來襲，便會予以反擊。」

「就是這麼回事。」

米拉蓓爾用力點頭，讓所有人都能明白她的意圖。

敵方恐怕是使徒聖，或是實力相近的精兵。即便讓始祖後裔出馬，也不見得能在一對一的戰鬥中取勝。

為此，她要派出十二名保鏢前去協助。

「儘量別讓他們逃了。一旦沒能順利活捉，就會留下不少後患。」

既能作為人質，也能嚴加拷問。

用途可說是要多少有多少。絕對要將這些刺客們全數擒住。

「要確實處理掉來犯的刺客。」

「遵命！」

「——那麼，就此解散。拜託你們了。」

十二名士兵向各處散去。

女王謁見廳的大門關上，廳裡只剩下女王米拉倍爾一人。護衛自己的兩名王宮守護星，被安排在謁見廳前方的門口站哨。

「……呼。」

她仰望天花板，輕輕吁了口氣。

已經完成指揮了，接下來就相信現場的星靈部隊會做出最好的對策吧。

極度的寂靜和緊張甚至讓耳朵生疼。

「我可真是的，上次這麼緊張是什麼時候的事了？」

時間流逝得極為緩慢。

現在是凌晨兩點。鐘塔的指針明明只前進了一分鐘，卻漫長得有如一小時之久。

……帝國軍的精兵肯定想在日出之前分出勝負。

……但以兵力總數來說，是我們這邊占上風，只要不被敵方的作戰擾亂思路即可。

不對，得儘早解決此事。

只要次女愛麗絲莉潔回來，就能在日出之前劃下句點吧。而從別墅出發的女兒，再不到三十分鐘就會抵達。

「這只是小小的漣漪，不足以撼動皇廳（我的國家）。」

她按著自己的胸口。

為了讓怦通狂跳的心臟鎮靜下來，她這麼說服自己。

「這裡是所有星靈使的樂園，絕不容許遭人踐踏——」

「『所有的』？這樣的說法真的正確嗎？」

銀色的閃光？

那過於快速的一瞬光芒，就連涅比利斯女王都無法看穿。

在比眨眼之間更短的那一剎那——

「鏗」——一聲金屬刮擦聲響徹四下。直到眼前的門扉被砍成骰子般的塊狀，米拉蓓爾才明白女王謁見廳的大門被切開了。

「……怎麼可能！」

「曾是門扉的物體」化為碎片掉落在地。

就連設置在門扉內側的機械式門鎖，也在過於俐落的刀法下秀出了光滑的斷面。

「妳就是涅比利斯女王吧？」

沒有腳步聲。

在門扉碎片揚起的粉塵之中，一名握著細長巨劍的男子終於現身。他穿著盔甲和大衣合而為一的特殊戰鬥服，是一名有著紅色頭髮的帝國士兵。

「………」

這名男子通過的走廊，應該有兩名護衛看守才是。

但從兩人遲遲沒有現身這點來看，似乎就是『那麼一回事』了。

……但還是難以置信。

……我的兩名護衛，居然在沒發出一點聲響的狀況下被撂倒了？

若明白對手是強敵，應該就會立刻呼叫增援，而他們應該也有機會尋求謁見廳裡的女王出手協助。

然而卻連這麼做都辦不到？

究竟得施展多麼驚人的速度，才有可能使出如此俐落的強襲？

「我名為約海姆，有著使徒聖第一席的身分。」

「……你是第一席？」

女王倒抽了一口氣，同時懷疑自己聽錯了。

使徒聖的前三席都直屬於天帝。據說他們不論何時都待在帝都深處的天主府，絕對不會離開天帝的身邊。

這長達百年的常識，如今遭到了顛覆。

「要向我討饒嗎？」

「住口，無恥之徒，你以為我是什麼身分？」

面對帝國最強的士兵，湧上女王胸口的並不是驚惶之情。

而是不見動搖的自信與自尊。

「我是涅比利斯女王，將以這個國家的領導人身分擊敗刺客（你）。」

「女王啊，『那是在痴人說夢』。」

使徒聖第一席架起巨劍。

「這個國家並不是什麼樂園。自我欺瞞的夢境就到此為止，而世界即將重獲新生。」

後記

魔女樂園的崩解，以及另一個故事——

《這是妳與我的最後戰場，或是開創世界的聖戰》（這戰）也來到第六集了。

這一集塞進了迄今最多的分量，感謝各位的購買！

這次的主題是「一個屋簷下」。

除了愛麗絲和希絲蓓爾這對魔女姊妹，就連長女伊莉蒂雅也參與其中，成了一段花團錦簇（？）的三姊妹故事。

與此同時，兩大國家終於揭開了火花四濺的舞臺序幕。

還請各位期待使徒聖與魔女熱情共演的第七集。

還有……關於超越的魔人薩林哲，這回也稍稍揭開了他過去的人生。從第三集首次登場後，他就一直對女王米拉蓓爾表現出奇特的執著。兩人與伊思卡和愛麗絲相似的命運究竟會如何發展，也請各位繼續期待。

接下來，是和漫畫相關的消息！

由okama老師繪製的《這戰》漫畫版，目前正在《Young Animal》雜誌上連載。老師在漫畫上添加了許多小說版無法呈現的劇情改編，是一部極具魅力的作品。而在這本第六集發售後，漫畫單行本的第一集也將在十二月二十六日上市（**註：本文指的皆為日本的販售狀況**）！

細音我也會配合漫畫第一集的連動造勢，附上全新撰寫的短篇故事作為特典。若各位能同時享受小說和漫畫的樂趣，那就是筆者我的榮幸了！

此外，筆者還有另一部與《這戰》同時執筆的作品，請容我在這裡稍作介紹。

●ＭＦ文庫Ｊ

《為何我的世界被遺忘了？》（為何我）

最新一集（第六集）預計會於明年的二月二十五日上市。

這系列的小說和漫畫第一集也都大量地再版，在網路上博得相當高的人氣。希望各位在《這戰》第七集上市前能夠一讀！

——而關於這方面的公告。

讓人開心的是，細音我最近開設了推特帳號，網羅了包含前面的《為何我》相關介紹在內的各式刊物最新資訊。

「細音啓計畫」（https://twitter.com/sazaneKproject）。

這裡跳脫了出版社和媒體的框架，將細音的《這戰》與《為何我》小說和漫畫資訊，甚至連過去和今後的系列作，都會由這個帳號的「管理員」進行彙整與發布。

若各位不嫌棄的話，也請看看這裡的推特享受資訊。

上頭應該會有最新版本的出書資訊喔！

（細音我的個人推特https://twitter.com/sazanek上也會發布書籍上市的資訊。）

最後是致謝的時間。

插畫家猫鍋蒼老師，您在這次的封面繪製了超級美麗的長女伊莉蒂雅，在收到檔案的時候，那豔麗的畫面登時讓我感到醍醐灌頂！

前任編輯K大人，在收到您職務調動的資訊時，我真的很吃驚……

《這戰》的背景塑造、書名、人物設定和各式各樣的方面，真的都受到您許多關照。謝謝您的支持。

新任責編Y大人，您在讀完第六集後的指謫，以及在討論短篇時給出的意見都十分一針見血，讓我感到相當可靠。今後也請您多多指教！

而最該感謝的，自然是購入此書的各位讀者，請收下我的謝意。

劍士伊思卡和魔女公主愛麗絲的故事——就在涅比利斯王宮的使徒聖和星靈使之戰越發激烈的同時，星之命運也會將兩人捲入其中，讓故事繼續加速前進。

還請期待具衝擊性的第七集。那麼我們下次再會。

預計明年二月二十五日上市的《為何我》第六集（ＭＦ文庫Ｊ）。

以及明年春季上市的《這戰》第七集。

但願能在這兩冊再次見到各位。

在變得微涼的秋夜執筆　細音啓

https://twitter.com/sazanek　※我會在推特上隨時公布新書上市等訊息。

「我不想抱持著這麼糾結的心情和你一戰！」

「又要重蹈覆轍了嗎？和那時一樣似是而非的愛與恨……」

涅比利斯王宮被火勢包圍。

建國至今，魔女樂園首次遭到了帝國軍方的侵略。

帝國軍與涅比利斯星靈部隊展開劇烈衝突，

就連使徒聖與純血種的舞蹈也即將揭幕。

就在戰火逐漸加劇的戰場上，伊思卡和愛麗絲所面臨的抉擇是……？

至高魔女與最強劍士的舞蹈，第七幕。

在魔女樂園陷入震盪時，不為人知的魔女將採取行動。

這是妳與我的最後戰場，或是開創世界的聖戰 7

近期預定發售！

國家圖書館出版品預行編目資料

這是妳與我的最後戰場，或是開創世界的聖戰 / 細音啟作；蔚山譯. -- 初版. -- 臺北市：臺灣角川，2020.06-
冊； 公分. -- (Kadokawa fantastic novels)
譯自：キミと僕の最後の戦場、あるいは世界が始まる聖戦
ISBN 978-957-743-817-1(第4冊：平裝). --
ISBN 978-957-743-935-2(第5冊：平裝). --
ISBN 978-986-524-065-3(第6冊：平裝)

861.57 109005097

Kadokawa
Fantastic
Novels

這是妳與我的最後戰場，或是開創世界的聖戰 6

（原著名：キミと僕の最後の戦場、あるいは世界が始まる聖戦6）

2020年11月4日　初版第1刷發行

作　者：細音啓
插　畫：猫鍋蒼
譯　者：蔚山

發行人：岩崎剛人
總編輯：蔡佩芬
編　輯：彭曉凡
美術設計：李思穎
印　務：李明修（主任）、張加恩（主任）、張凱棋

發行所：台灣角川股份有限公司
地　址：105台北市光復北路11巷44號5樓
電　話：（02）2747-2433
傳　真：（02）2747-2558
網　址：http://www.kadokawa.com.tw
劃撥帳戶：台灣角川股份有限公司
劃撥帳號：19487412
法律顧問：有澤法律事務所
製　版：尚騰印刷事業有限公司
ＩＳＢＮ：978-986-524-065-3